Sonya
ソーニャ文庫

王太子の情《じょう》火《か》

奥山鏡

イースト・プレス

contents

第一章　あなたがこわい

私は幼い頃から、ルドルフ殿下のことが恐ろしくてたまらなかった。


人生で一番古い記憶というのは、人によってさまざまだろう。

お気に入りのぬいぐるみと遊ぶ記憶だったり、陽《ひ》だまりの庭でブランコを漕《こ》ぐ記憶だったり――。

エヴァリーンの場合は、三、四歳の幼い自分が、両親と暮らすローリア男爵邸の薔薇《ばら》園を、十歳頃のルドルフと一緒に歩く記憶だった。

ルドルフ・ユージーンは、大国メリクシアの王位継承権第一位の王太子。今年、二十三歳を迎えていた。

いつ頃からそうなのか定《さだ》かではないが、ルドルフは年に数回ほどローリア男爵邸を訪れていた。

なにか特別なことをするわけではなかった。ルドルフはエヴァリーンの両親と一時談笑し、その後はいつも男爵邸の薔薇園をエヴァリーンと散策した。

会話の内容は、あってないようなものだ。

天候のこと、薔薇の色合いのこと、寒くなったら風邪《かぜ》を引いていないかなど、当たり障《さわ》りのない会話を繰り返していた。

それは、エヴァリーンが十六歳になった今も変わらない。

子どもの頃はルドルフと二人きりで薔薇園を散策し、エヴァリーンが年頃になると、侍女が付き添うようになってはいたが。

どれだけの季節をルドルフと過ごしただろうか。

しかし、エヴァリーンは、いつの頃からかルドルフと散策する三十分ほどの時間が苦手になっていた。

彼は聡明で品行方正な王太子だと評判だったが、時折、自分に向けられる鋭い眼差しに胸が震えた。まるで、肉食獣が獲物《えもの》を狙《ねら》う時のようなものだったからだ。

そんな時は恐ろしくて、美しく咲き誇る薔薇を見る振りをしてルドルフから目を逸らした。

ルドルフと目を合わせたら、彼に丸呑《まるの》みされてしまうかもしれない。

エヴァリーンはドレスの裾《すそ》を握りしめ、蛇《へび》に睨《にら》まれたカエルのように身体を縮こまらせた。

するとルドルフはふっと乾いた笑みを漏らし、立ち竦《すく》むエヴァリーンを置いて、一人で歩き出すのだった。

緊張の解けたエヴァリーンは、ほっと息をつき、ルドルフの背中を追い駆ける——それが、長年続いた薔薇園の散策風景だった。

それになんの意味があるのか？

どうして自分は定期的にルドルフと会わなければならないのか？

一度、両親に理由を訊いてみたことがあるが、曖昧《あいまい》な答えや微笑みを返されるばかりだった。

だが、そんな不思議な逢瀬も終わりを迎えるだろう。

エヴァリーンはもうじき、人の妻になるのだから……。

冬の日の午後。

雲一つない晴天が数日前に降った雪をすべて溶かし、雪解けの雫《しずく》を光らせる木々で小鳥がさえずっていた。

「婚約おめでとう、エヴァリーン！　おめでとう、ヒューゴ！」

そこはローリア男爵邸の中庭だった。

ローリア男爵の一人娘であるエヴァリーンと、海軍士官・ヒューゴとの婚約を祝うパーティーが開かれている。

冬の陽光を浴びた中庭は美しい。愛娘《まなむすめ》の輝かしい日を彩《いろど》るために、ローリア男爵の命令で大改装されていた。

芝生《しばふ》はすべて張り替えられた。丁寧《ていねい》にスコップで叩いてならし、たっぷりと水をやって青々と茂《しげ》らせている。

花を集めるのは難しい季節ではあったけれど、方々からさまざまな種類の花を取り寄せて、中庭に点在する花壇を虹のような配色で装飾させた。

刈《か》り込まれた木々の隙間から差す眩いくらいの木漏れ日が、エヴァリーンの可憐な美貌《びぼう》をきらきらと照《て》らし上げている。

エヴァリーンのやわらかな金髪は繊細な形状に編み込まれ、薫《かお》り高いジャスミンの花が飾られていた。

清楚《せいそ》なクリーム色のドレスには、胸元に白いレースや薔薇の花飾りがあしらわれ、オーガンジーを重ねたスカートがふんわりと広がって愛らしい。

細い手首に光るサファイアのブレスレットは、今朝、敬愛する両親にプレゼントされたばかりだった。

質の高いサファイアを産出する隣国からわざわざそれを取り寄せ、メリクシア一の宝石職人に細工《さいく》を依頼して誂《あつら》えてくれた。

両親の愛情をとても嬉しく感じる。

大切そうにブレスレットを見つめるエヴァリーンの瞳は、夕暮れ時の空と似た群青《ぐんじょう》色をしていた。匂い立つような愁《うれ》いと同時に、捨てられた子猫みたいに淋《さび》しげな風情も漂わせている。

エヴァリーン自身は気づいていなかったけれども、そのひどく蠱惑《こわく》的な眼差しは、彼女と対面した男性の庇護《ひご》欲を大いにくすぐっていた。

エヴァリーンはおとなしい淑女《しゅくじょ》だ。男心を引く気はまったくなかったのだが、どこの舞踏会でも、エヴァリーンにダンスを申し込む男性は引きも切らなかった。

婚約者のヒューゴも、エヴァリーンのその瞳に魅了された一人だ。

「俺のエヴァリーン！」

愛おしげに名を呼んだヒューゴが、エヴァリーンの腰を抱き寄せた。

背が高く、がっしりとした体格の彼を見上げると、愁いを秘めたエヴァリーンの瞳の中で、ヒューゴは嬉しそうな笑みをはじけさせた。

「ああ、綺麗だ！　今日の君は、まるで月の女神のようだな！　半年後、君を妻にできる俺は、メリクシア一、いや、世界一、幸せな男に違いないよ！」

ヒューゴは子爵家の次男で、父方の従兄にあたる。狐狩りや遠乗りが趣味の活動的な男性だった。

年齢はエヴァリーンよりも五つ上の二十一歳、将来を期待される優秀な青年将校だ。

年齢の差や性別の違いがあったから、従兄とはいっても、長年これといった交流はなかった。

ところが半年ほど前、とある舞踏会でヒューゴと踊り、数年ぶりに会話を交わした時だった。

――エヴァリーン、君はこんなに美しい女性だったのか……。

ヒューゴは長い夢から覚めたような顔をして、エヴァリーンに交際を申し込んできた。

その時ヒューゴは、ものすごく緊張していたようだ。耳にかけるほどの長さもない短髪を、何度も耳にかけるような仕草を繰り返していた。

その後エヴァリーンは両親に相談をし、ヒューゴの告白を受けた翌日に承諾の返事をした。

あまりの早さにヒューゴは驚き、「君から色よい返事をもらえるまでは、髪を切らないと願掛けをしたんだけどなあ」と、短髪の頭をかいて照れていた。

そして、二人の交際は順調に進み、今日という婚約の日を迎えた。だから、いつでも好きな時に髪を切っていいのに、ヒューゴは「一日でやめたら神様に悪いから、君と結婚できるまでは願掛けを続けるよ」と言って、髪を伸ばし続けていた。

とはいえ、エヴァリーンの反応は気になるようだ。

「君は短い髪の方が好みかい？」と一度、訊かれたことがある。

くせのあるヒューゴの赤い髪は、強い日差しのもとでは太陽と同化して、力強い輝きを増すのだった。

彼の大らかな気質を表すようで、エヴァリーンはそれを眩しく思っていた。「長くても短くても、あなたの髪は素敵だと思うわ」と答えたので、ヒューゴの髪は今、肩に届くほどの長さになっている。

二人の結婚式は半年後に予定されていた。

その頃には、もっとヒューゴの髪は伸びているだろう。

幸せが積み重なった長さだ。

エヴァリーンが胸を熱くしながらヒューゴの髪を見つめていたら、海軍の制服を着た男性が躍《おど》り出てきた。ヒューゴの同僚の一人だ。

「さあ、幸せなご両人にささやかなプレゼントをしよう！」

手折《たお》った木の枝を指揮棒の代わりにして、その男性がすっと合図を出した。

すると、高らかなラッパの音色が響き渡った。

海軍のラッパ隊が十人ほどずらりと整列し、出航ラッパをアレンジした祝い歌を奏《かな》で始めたのだ。

ラッパを持たない海軍兵士たちは、みんなで肩を組んで祝い歌を歌った。

澄み切った青い空を、陽気な祝い歌が突き抜けていく。

突然のことでエヴァリーンは驚いてしまったが、自分の腰を抱くヒューゴと顔を見合わせて、素晴らしいプレゼントねと笑い合った。

社交的なヒューゴは知人が多かった。

海軍の同僚のほかにも、たくさんの友人が祝福に訪れ、寄り添うヒューゴとエヴァリーンに紙吹雪をまいてくれた。

「よかったな、ヒューゴ！　——ったく、おまえが羨《うらや》ましいよ！　エヴァリーン嬢といえば、社交界で評判の淑女じゃないか！」

「おとなしくて、控《ひか》えめで、愛らしい！　まさしく理想の奥方だ！」

「そのとおり！」

「表向きには、お喋《しゃべ》り好きの派手な美女が、社交界の華の扱いをされている。しかし、一時の恋を楽しむ相手と、生涯を共にする相手はまったく違うだろう？　そういった意味でエヴァリーン嬢は、我ら独身貴族にとって理想の女性だったのだ！」

「エヴァリーン嬢に交際を申し込んで玉砕《ぎょくさい》した男を、両手の指では足りないくらいに知っている。なぜおまえだけが、求愛を受け入れてもらえたんだ!?」

「秘訣《ひけつ》を教えてくれ、ヒューゴ！」

友人の一人が冗談めかしてヒューゴの首を絞《し》めた。ヒューゴは「うっ」といたずらっぽく呻《うめ》いてから、ひどく真剣な目をして答えた。

「秘訣などあるものか。エヴァリーンが俺の真心を受け入れてくれた……それだけだ！　――おっと一つ言わせて欲しい。エヴァリーンの魅力は淑《しと》やかで、愛らしいだけではないぞ！」

エヴァリーンは刺繍が上手だ、料理人顔負けのシチューを作ることができる、歌声が雲雀《ひばり》のように綺麗だ、背中に羽があるようにダンスのステップが軽やかだ……などと婚約者自慢《じまん》が延々と続くので、最初は微笑ましげな目でヒューゴを見ていた友人たちも、次第にげんなりとした顔になってきた。

「惚気《のろけ》るのもいいかげんにしろ、ヒューゴ！」

友人たちは腕を鉤《かぎ》状に折り曲げ、代わる代わるヒューゴの首を絞めていった。ヒューゴの海軍仲間も輪に加わり、ヒューゴはもみくちゃにされる。

　もちろん冗談半分だ。本気でヒューゴに危害を加えてはいなかったが、エヴァリーンが巻き込まれたら危ない。ヒューゴはエヴァリーンから離れ、友人たちの手荒い祝福を受けた。

「エヴァリーン、おめでとう」

「よかったわね、エヴァリーン。自分のことのように嬉しいわ」

「男らしくて素敵な婚約者ね、おめでとう！」

　エヴァリーンが一人になると、三人の女友達が駆け寄ってきた。ヒューゴと寄り添っていた時は、近づきがたかったようだ。

　社交的なヒューゴと違って友人の数は少ないけれど、彼女たちは、一緒に刺繍をしたり、ピクニックに行ったり、日が暮れるまでお喋りをしたりした仲だ。

　この先結婚をして、子どもができて、年を取っても変わらない。一生の友達だと思っている。

「ねえ、エヴァリーン。私が今の夫と結婚できたのは、あなたが親身になって相談に乗ってくれたからよ。私はとっても幸せなの。今度はエヴァリーンの番だわ。うんと幸せになってね」

「でも、ちょっともったいないわね。エヴァリーンだったらどんな玉の輿《こし》にも乗れたのに、爵位も継げない貴族の次男と結婚するなんて」

「なにを言うの！　エヴァリーンは贅沢《ぜいたく》な暮らしを求めて、愛のない結婚をする女性とは違うのよ！」

「ヒューゴさんの本質を愛して、結婚を決めたんだわ。私、エヴァリーンのことをますます見直しちゃった」

「そうよね、おかしなことを言ってごめんなさい。エヴァリーンは、ヒューゴさんのことを本当に愛しているのよね？」

女友達に訊かれたエヴァリーンは、彼女たちが期待しているであろう完璧な答えを、頭の隅でほんの少しの間、考えた。

「ええ、心からヒューゴを愛しているわ」

やわらかい声でエヴァリーンが告げた時、ばたばたっと芝生を踏みしめる音が聞こえてきた。

粗末《そまつ》だが、清潔な服を着た子どもたちが走ってくる。

「エヴァリーン様ー」

「結婚おめでとうー」

「ちがーう！　結婚じゃなくて、婚約おめでとうだよー」

「えぇー？　婚約と結婚って、どう違うのー？」

小さな子どもたちにとって、その区別はちょっと難しいようだ。でも、エヴァリーンは自分を祝ってくれる気持ちが嬉しかった。

子どもたちから贈られたスカーフとカードを、エヴァリーンはぎゅうっと胸に抱きしめた。

「ありがとう。スカーフの刺繍がとても丁寧で、綺麗ね。カードの文字も、綴《つづ》りの間違いがなくて、しっかりと書けているわ」

「だって、エヴァリーン様に教えてもらったんだもーんっ」

エヴァリーンはたびたび孤児院を訪れて、子どもたちに裁縫や刺繍、文字、計算を教えていた。

親のない彼らは、一握りの幸運な子は養子として一般家庭に引き取られるが、ほとんどの子は成長後、たった一人で孤児院を出ることになる。そして、家事使用人として雇《やと》われたり、職人に弟子入りしたりすることが多いようだ。

そんな時、女の子なら裁縫、男の子なら読み書きができることは、彼らにとって大きな財産になる。主人やその子息の服を縫《ぬ》ったり、記帳を手伝ったりすることで、多くの賃金を得られるからだ。

子どもたちに一人で生き抜く力を身につけて欲しい。

エヴァリーンはそんな願いを込めて孤児院に通い、子どもたちも優しいエヴァリーンを慕っていた。

目を真っ赤にした男の子が、エヴァリーンのドレスの裾を引っ張った。

「シスターが言ってたんだ。エヴァリーン様が結婚したら、旦那様が大事になるから、僕たちのことを構ってくれなくなるって。ほんとう？」

男の子のつぶらな目から、ぽろぽろと涙がこぼれた。

エヴァリーンはすっとしゃがむと、その子と同じ目線の高さになり、男の子の涙をぬぐった。

「いいえ。私が結婚しても、なにも変わらないわ。だって、あなたはまだ、『雪だるま』の綴りを覚えていないでしょう？　あなたに教えたいことはいっぱいあるのよ」

メリクシアの貴族令嬢にとって、慈善活動はごく一般的な嗜みだ。しかし、普通は救貧院や孤児院に多少の寄付をして終わりだった。

エヴァリーンのように、直接、孤児と関わる令嬢は稀《まれ》だったので、ヒューゴの男友達がうっとりした目でエヴァリーンを見ている。

「エヴァリーン嬢は聖女だな……」

「容貌だけではなく、あのように心根も美しい女性を妻にできるのか。改めてヒューゴが羨ましい」

その時、子どもたちの一人が大空を飛ぶコマドリを見上げすぎて、ひっくり返りそうになった。

駆け寄ったヒューゴがその女の子を抱き上げたが、女の子が舐《な》めていたキャンディーがヒューゴの首にくっついてしまう。

「ごめんなさい、ヒューゴ」

「構わないよ。君が大切にしている子どもたちだ。俺にとってもかわいい子だよ」

女の子があーんと大きく口を開けたので、ヒューゴはその子の口にキャンディーを入れてあげた。

「エヴァリーン、君は俺の自慢の婚約者だ。君と婚約することができて、本当によかったと思っている。――いてっ！」

抱っこした女の子に髪を引っ張られたのだ。その子はコマドリのオレンジ色の羽とか、朝焼けの光とか、鮮やかなものが好きだったので、ヒューゴの赤い髪をつかんでみたいと思ったのだろう。

「いや、ちっとも痛くないぞ。俺は幸せだから、痛みを感じない。いてえっ！　拳を握りしめて髪を引っ張るのは、やめておこうな！」

中庭がどっと笑いに包まれた。

エヴァリーンが結婚することを淋しがって泣いていた男の子も、けろっとした顔で笑っている。

陽気なヒューゴはいつも人の輪の中心にいて、その場の雰囲気を明るくしてくれた。太陽のような人だと思う。エヴァリーンの両親も明るいヒューゴを気に入っていた。

「エヴァリーン、ヒューゴ。今日は晴れてよかった。これから二人が歩んでいく未来も、きっと晴れやかなものになるだろう」

「お父様」

エヴァリーンの父、デニス・ローリア男爵が、妻のアンジェラを伴《ともな》い、話しかけてきた。

「ああ、綺麗だね、エヴァリーン。アンジェラが選んだ新しいドレスがよく似合っている」

デニスはエヴァリーンの頬を撫《な》でると、胸に抱いた女の子を芝生に下ろしたヒューゴに向き直った。

「私の最愛の娘を頼むよ」

「任せてください、伯父上」

ヒューゴは自分の胸を力強く叩いた。なかなか勇ましい誓いだったが、先ほど女の子に引っ張られたヒューゴの髪は、あっちこっちに跳ね上がっていまいちしまらない。

それを見て、デニスはふと目尻を下げた。

「まあ、実はなにも心配してはいないのだよ。——ヒューゴ、君だったら、必ずエヴァリーンを幸せにしてくれる」

デニスの妹・ルイーズは、子爵家に嫁いで二人の男の子を産んだ。

長男は伯父のデニスに懐《なつ》かなかった。だが、次男のヒューゴは非常に元気で人懐っこかった。

エヴァリーンが物心つく前なので覚えていないが、ヒューゴは七歳の時に寄宿学校に入学するまで、毎日のようにローリア男爵邸を訪れていたという。狩猟が趣味のデニスと意気投合していたからだ。

ローリア男爵夫妻は結婚後、十年も子どもができなかった。エヴァリーンという娘に恵まれるまで、ヒューゴの明るさは男爵夫妻の淋しさを癒《いや》す光だったのだ。

「私のかわいいエヴァリーンと、ヒューゴが結ばれるなんて……こんなに嬉しいことはないわ……」

エヴァリーンの母、アンジェラが泣きじゃくっている。

母は感受性が強く泣き虫で、いつまでも少女のような女性だった。

アンジェラはとうとう男の子を産めなかったが、最愛の夫の血筋に連なるヒューゴを、自分の息子のように愛おしんでいた。

だから、二人が婚約した感激もひとしおのようだ。ハンカチでいくら目元を拭《ふ》いても、アンジェラの涙が止まる気配はなかった。

その時、雷鳴を思わせる居丈高《いたけだか》な女性の声が響いた。

「アンジェラ、おめでたい席で、主催者が泣くものではありません！　ああ、みっともない！」

声の主は、濃紺のドレスを着たふくよかな老婦人――父デニスの姉である、ヘレンだった。

先代のローリア男爵が早世したため、デニスは十代の若さで爵位を継承した。デニスが一人前の男爵になるまで、ヘレンは結婚せずに男爵家の屋台骨を支えたという。

デニスが二十五歳で結婚した後、ヘレン自身も遅い結婚をしたのだが、子はできず、夫の死後に婚家から追い出されてしまった。

現在は郊外で一人暮らしをしている。

時折、なんらかの瑕疵《かし》を見つけては、ローリア男爵家の運営や家事に口を出してきた。

姉の青春を台無しにした負い目があるデニスは、ヘレンに強く出られなかった。たとえ自分の妻に冷たく当たられても……。

「聞いているのですか？　泣くのはおやめなさい、アンジェラ！」

アンジェラはびくっと肩を揺らして下を向いた。

――あなたのように気弱な妻は、ローリア男爵家にふさわしくない。追い出されたくなければ、男の子を産みなさい！　泣いてばかりでどうするのです！

そうやって、いじめ抜かれた記憶が母の血を凍《こお》らせているのだと思う。

涙は止まったが、アンジェラの震えは止まらなくなっていた。

エヴァリーンはさりげなく母親の前に立ち、ヘレンの厳しい視線からアンジェラを隠す。

「ヘレン伯母様。本日は私たちの婚約パーティーにご足労いただきまして、ありがとうございました」

エヴァリーンはドレスのスカートを摘《つま》んでお辞儀をした。

幼い頃から何度もがみがみと怒られて、この伯母に所作を直されていたので、ヘレンが納得する頭の角度は熟知していた。

「長い馬車の移動でお疲れでしょう？　椅子をどうぞ。シャンパンをお飲みになりますか？　あたたかいレモネードもありますよ」

「ふん」

エヴァリーンのそつがない態度は、文句のつけようがなかったらしい。伯母のヘレンはどっかりと椅子に座って、ローリア男爵邸の中庭をじろりと見渡した。

整然と配置されたテーブルは、今日の空と同じ青いテーブルクロスで統一されている。テーブルの上にはサンドイッチやローストビーフ、気軽につまめる小さなデザート類が並べられていた。

ローリア男爵家が雇った楽団と、海軍のラッパ隊がにぎやかに合奏し、百人ほどの招待客がなごやかに歓談している。

伯母のヘレンがレモネードのカップを手に嘆息した。

「仮にも男爵家の一人娘の婚約を祝うパーティーが、粗末なものですねえ。私の妹、ルイーズが婚約した時は、三日三晩の舞踏会を開催したのですよ」

放蕩家《ほうとうか》だった先代の時代とは違うのだ。

先代の死後、伯母は借金だらけだった男爵家の立て直しに苦労した。いつも先代の無駄遣いを罵《ののし》っていたのに、気まぐれにその時代を懐かしむようなことを言った。

両親は婚約パーティーのために中庭を整え、エヴァリーンのドレスやアクセサリーを新調した。愛娘を思って、最大限のことをしてくれたのだ。両親のことを思うと、胸が締めつけられたが、エヴァリーンはそれを顔には出さず、文句ばかりの伯母に向かってにっこりと微笑んだ。

「私は内向的な性格なので、派手なことが苦手なんです。婚約パーティーは親しい方々に囲まれて、楽しい時間を過ごせたらいいと、私から両親にお願いをしました。その代わり、結婚披露のパーティーは盛大に催すと言われて、今から少しだけ腰が引けています。――ね、お父様？」

「ああ」

デニスが相槌《あいづち》を打つと、ヘレンに言った。

「ヘレン姉さんは、昔からセンスがいい。ぜひエヴァリーンの結婚披露パーティーについて、相談に乗って欲しいものです」

「ふん、私はごめんですよ」

なにかヘレンの不興を買ったのかと緊張が走ったが、レモネードを啜《すす》る伯母の目は意外にもやわらかい。

「私は昔から、ローリア男爵家にエヴァリーン一人じゃどうしようもない、アンジェラが産めないなら、男の子の養子をもらいなさいと、口を酸っぱくして言ってきました。でも、あなたたち夫婦は、一向に重い腰を上げなかった。ずいぶんイライラしたものだけれど、今ではそれでよかったと思っています。――アンジェラ」

「は、はい。お義姉様っ」

アンジェラは顔を強ばらせ、無意識なのだろうが、エヴァリーンのドレスの袖をつかんだ。

どちらが親で、どちらが子なのかわかったものではない。そんなことを言いたげに、伯母のヘレンはため息をついたが、特に文句を言わずに話を続けた。

「エヴァリーンは礼儀正しく、人を思いやれる子です。あなたの育て方がよかったのでしょうね」

ヘレンの口調は厳しかったが、その内容は優しさに満ちている。

「――っ」

ローリア男爵家に嫁いで以来、母が伯母から言われたのは、きつい苦言ばかりだったそうだ。褒《ほ》められたのは初めてだったかもしれない。母は目を丸くして固まってしまった。

——ああ、だめね、この弟の嫁は。

そう言わんばかりに呆れた表情をしたヘレンは、エヴァリーンの手を取った。

「あなたが選んだヒューゴは、私の甥《おい》でもあります。ヒューゴの母親は私の妹。ヒューゴは小さい頃から元気で明るく、ローリア男爵家に毎日、小さな幸せを運んでくれました。ヒューゴは婿に入るそうですね。ヒューゴはまた、新しい幸せをローリア男爵家に運んでくれるでしょう」

伯母のヘレンが懐かしそうに目を細める。皺《しわ》の目立つ瞼の裏には、遠い昔にローリア男爵邸の中庭で、幼い弟妹と遊んだ幸せな日々が映っているのかもしれない。

「いつか子どもが生まれても、あなただったら、ローリア男爵家の跡取りを立派に育てられるでしょう。私からは、もうなにも言うことはありませんよ」

「ヘレン伯母様……ありがとうございます。私にとって、なによりの餞《はなむけ》です」

伯母のヘレンは、殊更《ことさら》エヴァリーンに厳しかった。

幼い頃は、目を合わせてもらえなかった。伯母が落としたペンを拾って渡したら、冷たく振り払われて、手に怪我をしたこともある。

「まあ、がんばりなさい」

エヴァリーンの手を握る伯母の手はあたたかい。

熱い気持ちが胸に込みあげる。

これでは泣き虫の母を責められない。

涙が出そうになって肩を震わせていると、その肩をヒューゴが愛おしそうに抱いてくれた。

——私はなんて幸せなのかしら。

ヒューゴが私を愛してくれている。

誰もが私たちの婚約を祝福してくれている。

そして、気難しい伯母が私を認め、ローリア男爵家の未来を託してくれた。

——ああ、よかった。

私は「正しい恋」をしているのだわ……。

自分の「恋」をエヴァリーンが誇らしく思った時だった。

楽団やラッパの音色がふいに途絶え、雲がわき立つようなざわめきが起こった。

張り詰めた空気が中庭に漂うのを感じた。

エヴァリーンが振り返ると、銀髪の青年が招待客の狭間を歩いていた。厳しい鍛練《たんれん》を積んだ軍人らしい、ひどく決然とした足取りだった。

立襟の軍服は光沢のある漆黒で、大胆な銀の刺繍が施されている。彼が足を運ぶたびに、白いマントが翼のようにひるがえった。

怜悧《れいり》な眼差しは、深い森を思わせるダーク・グリーンだ。二十三歳の若さにして、海軍元帥と陸軍元帥を兼任し、軍法会議の総議長を務める王太子は、凛々《りり》しくも神々しい風格を放っていた。

――ルドルフ殿下……。

ヒューゴはエヴァリーンから離れ、きっちりと姿勢を正すと、仲間の海軍兵士と一緒に敬礼をした。

部下に敬礼を返すルドルフは、彼らと同じポーズを取っているはずなのに、なぜかまるで違う動作に感じられた。

ぴんと伸びた白手袋の指先が眩しい。その立ち姿は毅然として美しく、氷塊の彫刻のように清冽《せいれつ》だった。

「素敵ねえ、ルドルフ殿下……」
「こんな間近でお姿を拝見できて、光栄だわ……」

招待客の女性たちが甘いため息をついている。

そういえば、ルドルフにはこんな逸話があったのだった。

メリクシアの軍隊は公然性を信条とし、軍事機密以外の情報は開示されていた。だからルドルフが陸海軍元帥に就任する際の任命式も、公開で行われた。

その日、贅《ぜい》を尽くした大聖堂に片膝をついたルドルフは、二本の元帥杖を国王から授けられたという。

ステンドグラスの眩い光が降りそそぐ中、儀式の進行に則《のっと》って、ルドルフが二本の元帥杖を掲《かか》げた瞬間だった。

任命式を見守っていた大勢の女性が、ばたばたと失神してしまった。ルドルフの姿があまりにも気高く、精悍《せいかん》だったので、彼女たちの頭に血が上ってしまったようだ。

こんなふうにルドルフは、女性からの人気が非常に高い王太子だった。宮廷舞踏会や園遊会の際には、まるで誘蛾灯《ゆうがとう》のように数多《あまた》の女性を集めている。

けれども、女性問題を起こしたことは一度もなかった。世界中から舞い込む王室関係の縁談《えんだん》も、すべて断っているらしい。

そのため誰か心に秘めた女性がいるのだと、まことしやかに噂《うわさ》されていた。

メリクシア中の女性がそんな高潔な王太子に夢中だったけれど、エヴァリーンは彼を恐ろしいと思ってしまう。

気高くも冷たいダーク・グリーンの双眸《そうぼう》が、獲物を狙う獣のように変容する瞬間を知っているからだ。

できることならば、ルドルフに近づきたくない。

だが、今は婚約パーティーの真っ最中だ。エヴァリーンが逃げ出したら、両親やヒューゴの恥になる。

エヴァリーンはゆっくりと瞬きをして気を引き締めると、ヒューゴと談笑するルドルフのもとへ向かった。

「ごきげんよう、ルドルフ殿下。このたびヒューゴと婚約いたしました、ローリア男爵の長女エヴァリーンです」

エヴァリーンは初対面の体《てい》を装って、ドレスのスカートを摘み、優雅にお辞儀をした。

ルドルフは定期的にローリア男爵邸を訪問していたが、そのことは秘密になっていた。ローリア男爵家の使用人であっても、ルドルフの来訪を知る者は少なかった。男爵家の執事や、エヴァリーンの侍女などは例外だったが、かたい口止めがなされている。

「そうか、あなたがエヴァリーン嬢」

宮廷舞踏会などで顔を見かけることはあった。しかし、エヴァリーンはルドルフに近づかなかったし、ルドルフがエヴァリーンに話しかけることもなかった。

お互い意識をして、あえて無視をしていた。

だから、この婚約パーティーでは初めて会話をする演技をしなければいけない。ルドルフはその演技がとても上手だった。

「ヒューゴ・ギルベール中尉が、メリクシア一の淑女を射止めたと聞いた。想像以上に愛らしい。ギルベール中尉は果報者《かほうもの》だな」

必要以上に感情を込めず、淡々とエヴァリーンを賞賛《しょうさん》する。やはりそつのない人だと、エヴァリーンは思った。

「恐縮ですわ、ルドルフ殿下」

ルドルフの態度もそうだったが、初対面の振りをする自分がひどく気持ち悪かった。なんて白々しい。詐欺師《さぎし》にでもなったような気分だった。

エヴァリーンのすぐ隣に、感激した表情のヒューゴがいたから、余計に罪悪感を覚えてしまう。

「わざわざ俺の——いえ、失礼しました。中尉に過ぎない自分の婚約パーティーに足を運んでくださって、ありがとうございます。こんなに間近でルドルフ殿下のお言葉を頂戴《ちょうだい》し、夢のようです！」

ヒューゴが上擦った声でまくし立てると、ルドルフはふっと冷たい笑みを漏らした。愚かな男だと嘲笑《あざわら》ったように見えた。

ふいにエヴァリーンの胸はざわめいたが、ヒューゴは気づいていないようだ。

ルドルフは画期的《かっきてき》な浸透戦術《しんとうせんじゅつ》を立案し、長年、メリクシアと敵対関係にあった某大国を攻め滅ぼした英雄だと聞いたことがある。

ヒューゴは絶大な信望を捧げる目でルドルフを見つめていた。

その唇から嘲笑《ちょうしょう》の色を消したルドルフは、気さくな上官ふうの手つきでヒューゴの肩を叩いた。

「慶事《けいじ》に階級の上も下もない。おめでとう、ギルベール中尉。君の働きには期待している。守るべき女性ができたのだ。今後はさらに励《はげ》んで欲しい」

「はっ」

ヒューゴが敬礼をすると、割れんばかりの拍手《はくしゅ》が鳴り響いた。招待客たちが、ルドルフの激励に感動している。

――ルドルフ殿下は、本当に私たちの婚約を祝福しにいらっしゃったの……？

なんだか嫌な予感がして、胸の奥がチクチクした。

そんな思いを抱えているうちにエヴァリーンの父が指示を出したようだ。楽団が朗《ほが》らかな曲を奏で始め、各自にシャンパングラスが配られた。

メリクシアの王太子が祝福に訪れたので、改めて乾杯《かんぱい》することになったのだ。

エヴァリーンにグラスを手渡したのは、赤ん坊の頃から仕えてくれた侍女のジェシカだった。普段はとても明るい女性なのだが、今日は体調でも悪いのか、青ざめた顔をしている。

「メリクシア国の栄光に、みなさまの健康と幸福に、そして、エヴァリーンとヒューゴの未来に――乾杯！」

父の音頭《おんど》でグラスを掲げると、青空を映し込んだシャンパンが、ぱちぱちとはじけて綺麗だった。

お酒には強くなかったので、エヴァリーンは少しずつグラスを傾《かたむ》けた。それでも酔いが回ってきて、足もとがふわふわする。

「顔が赤いな。水を持ってこよう」

優しいヒューゴがエヴァリーンの傍を離れた。

なんとなく辺りを見回すと、父がルドルフと語り合っているのが見えた。

どこか他人行儀だ。

――いつもだったら、お父様が好きな狩猟の話で盛り上がるのに。

定期的にローリア男爵邸を訪問していることを、ルドルフが内緒にしている理由はわからない。

両親に訊いても、明確な答えはなかった。

だが、謎《なぞ》は謎のままでいいのもしれない。

ルドルフの秘密に触れるのは、とても怖いことのような気がした。

「――つっ」

エヴァリーンの肌がふいに粟立《あわだ》った。

父と向き合うルドルフが、風に乱された髪をかき上げる振りをして、自分に視線を向けた。

ルドルフと目が合って心臓が跳ねた。

さらりとした銀髪の狭間、獰猛《どうもう》な獣が獲物を狙うような目が光っている。
――そんな目で私を見ないで……。
ルドルフから目を逸らした瞬間、足を掬《すく》われるような目眩《めまい》を覚えた。
「あ……」
シャンパングラスを落としたエヴァリーンの世界が暗転し――。
残酷な運命の歯車が、耳障りな音を立てて回り始めた。

第二章　離宮の陵辱《りょうじょく》

「え……私……？」

それは目覚めてすぐのことだった。

軽い頭痛を覚えたエヴァリーンは、額を押さえつつ、現在の自分の状況を整理しようとした。

――そうだわ……。私、婚約パーティーの最中に倒れたのだわ……。

でも、ここは？

エヴァリーンは重厚な天蓋《てんがい》付きの寝台に寝かされていた。

ドレスはそのままだったが、編み込んでいた髪はふわりと解かれている。

天蓋から下りる幕を開けると、ブラウンとゴールドで統一された調度品が見えた。

ローリア男爵邸の寝室ではないだろう。

母は淡い色を好んだ。母の好みで調えられた男爵邸は、どの部屋もあたたかい雰囲気を醸し出している。

しかし、この寝室は静謐《せいひつ》で孤独な気配がした。エヴァリーンの胸の奥を、枯《か》れ葉まじりの乾いた風が吹くようだった。

寝台から降りて窓を開けると、広大な庭を見渡すことができた。

庭というより、森だった。

視界いっぱいに鬱蒼《うっそう》とした木々が茂っている。白い雪が地表を覆っていたけれど、木々の隙間から光が差して雪解けが進み、幹の周りだけがぽっかりと空いて黒い土が見えていた。

甲高《かんだか》い鳥の声が絶え間なく響き、大きな樫《かし》の木の陰《かげ》に牡鹿《おじか》が顔を覗かせた。窓辺に立つエヴァリーンに気づくと、尻尾をぱっと上げて走り去っていく。

人間を怖がっているようだから、狩りが盛んな森なのかもしれない。

——なぜ、こんな場所に私が……。

見当もつかない。

濃霧の中に迷い込んだような不安が胸を突き、むやみに瞬きを繰り返していたら、ノックもせずに扉が開け放たれた。

「起きたか」

びくっと肩を揺らしてエヴァリーンが振り返れば、銀髪の王太子が怜悧な眼差しで自分を見据えていた。

「つっ……、ルドルフ殿下……」

エヴァリーンはぞくりと背筋を震わせる。

普段から恐怖心を抱いている相手と、こんなわけのわからない場所で対峙している現状が耐えがたかった。花瓶などの調度品を投げつけて、逃げ出したいような気持ちになる。

けれども取り乱すのは貴族令嬢としてみっともないから、エヴァリーンはこくりと息を呑んで気持ちを保った。

「ここはどこですか？」

平静さを装ってエヴァリーンが訊くと、その小さな強がりを吹き飛ばすように威圧感のある声が返ってきた。

「ラマンチカの森に建つ離宮だ」

――ラマンチカ……。

確か、王領地の森だ。

ローリア男爵邸のある王都から、馬車で一時間ほどの距離だろうか。

普段は立ち入りを禁じられているが、狩猟シーズンを迎える初秋になると、一般貴族に解放されていた。

狩猟が趣味の父やヒューゴは、狩猟シーズン中、ラマンチカの森に連れだって通い、たくさんの兎《うさぎ》や鹿を持ち帰ってきたものだ。

しかし先日、狩猟シーズンが終わったはずだ。そのため幾人《いくにん》かの森番を残し、誰もこの森に侵入してはならないのだが、ルドルフは王太子という身分だ。彼にとっては、自分の庭のようなものなのだろう。

「私はどうして、このような場所にいるのですか？」

男爵邸の中庭で意識を失った後のことを、エヴァリーンはまったく覚えていなかった。人気《ひとけ》のない離宮の寝室に二人きり――状況から導き出される答えが怖い。

――でも、ルドルフ殿下は、誰もが認める高潔な王太子よ。私に不埒《ふらち》な真似《まね》をするはずがないわ……。

獲物に狙いを定める獣のようなルドルフの眼差しを思い出すと、膝が震えて崩れそうになるので、なにか正当な理由があるのだと思いたかった。

祈るような気持ちでルドルフを見つめる。

しかし、ルドルフはさらりと銀髪をかき上げ、エヴァリーンが曖昧に恐れていた以上の事実を、ひどく淡々とした口調で語るのだった。

「薬を飲ませ、私があなたを攫《さら》った」

「薬……」

意識を失う前に飲んだシャンパンに、それが入っていたのだろう。

ぞっと震えが走った。

恐ろしさを感じたのは、拉致《らち》されたという事実だけではない。貴族令嬢に薬を盛ったという悪行を語りながら、美しい立ち姿を崩さないルドルフの存在が、エヴァリーンの身体をカタカタと震わせていた。

彫像のように完璧な美貌を持つ王太子が、冷ややかな微笑みを浮かべている。

「エヴァリーン、私が怖いのか？」

それを認めてしまったら、もっと怖くなってしまう。エヴァリーンは首を横に振り、なるべく感情をのせない硬い声で言った。

「私を家に帰してください。今回のことは、私の胸に秘めておきます」

「――ハッ」

ルドルフの立ち姿がようやく乱れた。

額に手をやって天井を仰《あお》ぎ、怜悧な瞳にあざけりの色を浮かべて笑ったのだ。

「おもしろい。あなたはこのような極限状態にあっても、淑女の仮面を被り続けようとする。取り乱して悲鳴でも上げていれば、私の興《きょう》も削《そ》がれ、あなたを解放してあげられたものを――」

白手袋の長い指がエヴァリーンの顎《あご》にかかり、強引に顔を上向かされた。

「無理やりにでも、その仮面を剥がしたくなる」

睫毛《まつげ》が触れるほどの至近距離で、ルドルフの怜悧な瞳が光っている。

心臓が凍りつくようだった。

しかし、目を逸らしたら、自分という存在が溶け崩れるような気がした。だから怯《おび》えた目のままでも見つめ返すが、それがルドルフの興をさらに煽《あお》ってしまったようだ。

腰に回ってきたルドルフの腕に、驚く暇も与えられずに抱き上げられ、エヴァリーンは寝台のシーツに放り投げられた。

「きゃあっ」

やわらかな寝台の上を何度かはずみ、金糸のような髪が舞い上がった。エヴァリーンは仰向けの状態になりながら、寝台の天蓋から下りる幕を握って、体勢を立て直そうとした。

けれども、衣擦れの音がして振り向くと、ルドルフが軍服の胸元をはだけているのが見えた。

その意味がわからないほどエヴァリーンは子どもではない。

「い、いや……っ」

さほど乱れのないドレスの胸元を押さえ、エヴァリーンは寝台の上を後ずさった。

ルドルフが目を細め、おかしげに笑った。

「私から逃げられるとでも？　ここをどこだと思っているのだ」

ここはラマンチカの森の狩猟場。ルドルフは獲物を追い詰める狩人の目をして、哀れな子兎のように震えるエヴァリーンを見据えている。

「ひ……っ」

エヴァリーンは寝台のヘッドボードに背中をぶつけた。

これ以上、後退できない。

ルドルフのしなやかな腕が伸び、エヴァリーンは咄嗟に身を縮めたが、彼はエヴァリーンの肌に触れてこなかった。

ふんわりとしたドレスの裾を手に取って、そこにあしらわれたレースの飾りに口づけした。

意中の女性に求愛するような恭《うやうや》しい仕草だったが、エヴァリーンをからかうような上目づかいがそれを裏切っている。

「愛らしいドレスだ。小動物のように震えるあなたに、とてもよく似合っている。ローリア男爵夫人の趣味かな？」

そのとおりだ。

婚約パーティーのために新調したこれもそうだが、母親の趣味で誂えたドレスは、レースやリボン、フリルにパール、花飾りがどっさりで、どれもかわいらしいデザインばかりだった。

少し子どもっぽいような気もするが、エヴァリーンはまだ十六歳の女の子だ。両親も、ヒューゴも、女友達も、清楚なエヴァリーンによく似合うと褒めてくれる。

だが、ルドルフの賛辞はなにか含みがあるように感じられた。

「母が選んだドレスを着ることに、なにか問題があるのですか？」

最愛の母を悪く言われたような気がして、エヴァリーンの口調に棘《とげ》がまじった。ルドルフはそれさえも楽しげな顔で呑み込み、エヴァリーンの首筋にすっと唇を寄せた。そして、内側からピンク色を透かした肌の香りを吸い込むのだった。

「無垢《むく》な少女気取りのレースで隠しているが、あなたからはすでに成熟した大人の女性の香りがする。男心を惑わせる、甘い香りの肌だ」

男の色気を滴《したた》らせるような囁きが首筋に触れている。ヒューゴという婚約者はいるけれど、こんなふうに性的な言葉を投げられたことはなかった。

「いや……離れてください、ルドルフ殿下……」

突然、欲望の対象にされたことが恐ろしく、エヴァリーンは身が竦《すく》むようだった。

ヒューゴは結婚式の日まで、清らかな関係でいることを許してくれた。エヴァリーンの両親もそれを望んでいたし、エヴァリーンだって、なにも知らない少女のままでいたかったのだ。

けれども、ルドルフは力ずくで無垢な花を手折ろうとしている。

「エヴァリーン、あなたの甘い肌を見せてもらおうか」

愛らしいレースをぐしゃりと潰し、ルドルフはドレスの胸元を引き裂いた。

一瞬、自分になにが起こったのかわからなかった。はだけた胸にひんやりとした冷気を感じ、ようやくエヴァリーンの唇から悲鳴が漏れる。

「きゃあっ！」

リボンやパールの飾りが千切れ飛び、真っ白いシーツにかわいらしい模様を作った。無垢な少女の象徴を引き千切られたエヴァリーンは、信じられない思いで自分の惨状《さんじょう》を見つめる。

──嘘……こんなこと、嘘だわ……。

自分は先ほどまで、母親が誂えてくれた愛らしいドレスを着て、光るような幸せを噛みしめていた。

それが、どうしてこんな森の離宮で、婚約者でもない男に肌を晒《さら》さねばならないのか。

引き裂かれたドレスをかき集めたが、コルセットとその下のシュミーズ、下穿きだけの身体はもう、隠せそうもなかった。

あまりのことに、きちんとした姿勢を取っていられない。しどけない横座りでルドルフを見やれば、彼はレースで装飾されたコルセットに手をかけようとしていた。

これ以上、肌を暴かれるわけにはいかない。エヴァリーンは強い目でルドルフを見上げた。

「ルドルフ殿下、これ以上はやめてください。あなたのお名前に傷が付きます」

「私を脅しているつもりか？　私に犯される恐怖に怯えながら、自我を通そうとするあなたは、健気で美しい。見た目こそ微風にも倒れんばかりの桜草だが、あなたの芯《しん》は意外にも強いのだな。さながら、黄金細工の花か。――手折りがいがある」

蕩《とろ》けるような声で告げたルドルフは、エヴァリーンの抵抗などものともせずに、コルセットの紐を引きほどいた。

「いやあぁ……っ」

胸を強調するためにコルセットを着ける女性もいるが、エヴァリーンの場合は、自分の胸を目立たなくするために使っている。

ルドルフがコルセットを取り去った瞬間、やわらかい胸が解放されてしまった。

シルクのシュミーズが盛り上がり、たっぷりとした乳房の形が露《あら》わになる。

「やはりそうだ。あなたは子どもっぽくて愛らしいドレスの下に、官能的な女の胸を隠していたのだな」

「や……」

エヴァリーンは両手でそこを覆い隠そうとした。けれども、ルドルフに手首をつかまれて、ぐいっと頭上に持ち上げられた。

思わずエヴァリーンの上半身がしなり、シュミーズ越しに胸がふるんと揺れ動いた。それが男性の目にどう映るのか予想ができる。エヴァリーンは頬を染めて唇を噛んだ。

「十六歳の少女のものとは思えない淫《みだ》らな胸だ。物欲しげに揺れる様は、さぞやたくさんの男を誘うことだろう」

「違……っ。私……誰かを誘うなんて……。そんな女じゃ……」

人は見た目に左右される。どんなに真面目に暮らしていようと、大きな胸を揺らして社交界に出たら、多情な女だと思われてしまう。

だから母に『あなたがいやな思いをするから、大きな胸を隠しなさい』と言われていた。母が選んだドレスにレースやリボンなどの飾りが多いのは、エヴァリーンの大きな胸を隠す意味もあったのだ。

エヴァリーンは慎《つつ》ましく生きてきた。両親や女友達を大事にし、婚約者と清らかな交際を続け、慈善活動にも励んできた。

淫らな女だと言われるのは、他のどんな罵倒《ばとう》よりも辛いことだった。

ひどい侮辱を受けて目が熱く潤んでくる。

けれども泣いてしまったら、ルドルフの意見を認めることになると思った。

エヴァリーンは目を見開いて必死に涙を耐える。

「人よりも少し大きいだけです。私は淫らな女ではありません」

「意地を張るあなたも愛らしいが、自分の本質には素直になった方がいい。――私が素直になる方法を教えてやろう」

ルドルフに腰を引き寄せられ、後ろ向きに抱かれたエヴァリーンは、やわらかな胸の膨《ふく》らみを下から掬われた。

「やめ……っ」

ルドルフの手をそこから引きはがそうとしたが、びくともしない。目が痛くなるくらい白く、清新な手袋の指が、エヴァリーンの乳房に沈み込んだ。

「大きくて、やわらかい胸だな。布地の上からでも、あなたのここが男好きする感触だとわかる」

まろやかな曲線をつ……と撫でたルドルフは、たっぷりとした乳房を優しく揉《も》み始めた。

「あ……いや……」

手袋の表面に骨張った筋を浮かせる男っぽい手の中で、エヴァリーンの胸がやわやわと形を変えている。

自分の胸なのに、いやらしいもののように思えた。見ていられずに目をそらしたのだが、そんなエヴァリーンに思い知らせるように力を込めた手のひらで胸を揉みしだかれると、乳房の奥にもどかしいような感覚が走った。

「ン……っ」

「少し感じてきたか？」

「感じてなんて……いや……やめて、ください……」

エヴァリーンは婚約者を持つ身だ。

ヒューゴ以外の男性に胸を嬲《なぶ》られて、悦びを覚えるはずがないのだ。

「あなたは淑女として名が通っている。他人が期待するとおりの貞淑《ていしゅく》な女性でいたいようだが、あなたの拙い演技を許すほど私は甘くない。ただちに降参し、自分の感覚に素直になるといい」

「ふぁ……っ」

円を描くように乳房を揉み込まれると、身体の内側に熱がこもって汗ばんでくる。長い金髪をパサパサと振って、不可思議な感覚を逃がそうとしたが、耳に触れる熱い吐息がエヴァリーンを追い詰める。

「強い揉み方と、優しい触れ方では、どちらが好みだ？　あなたが感じるやり方で揉んでやろう」

左右の胸を強弱をつけていやらしく揉みながら、薄い笑いを浮かべたルドルフが訊いてくる。

「あぁ、いやぁっ」

言葉に出してはみたものの、どんな触り方をされても嫌悪感は生まれず、身体中の血は昂《たか》ぶるばかりだった。

これはいやな行為だ。

辛い行為だ。

頭では、はっきりとわかっている。それなのに、ルドルフに弄《もてあそ》ばれる胸が甘ったるく疼《うず》くのだ。

いやだ、怖い……。

混乱したエヴァリーンは、自分の乳房をいやらしく嬲る男の腕に縋《すが》りついた。

「どうして、私……いやなのに、こんな……っ。あぁっ」

「あなたのシャンパンに入れた薬は二種類ある。一つ目は即効性の睡眠薬、そして、二つ目は遅効性の媚薬《びやく》だ」

「びや、く……？」

「そう、媚薬だ」

ぬるりとした舌でエヴァリーンの耳を舐め、ねっとりと口づけるようにしてルドルフが囁いた。

ぴちゃぴちゃと濡れた音が耳の中に響き、ルドルフの言うことがよく理解できない。

エヴァリーンはあどけない幼子のような目でルドルフを見やる。

そんなエヴァリーンの髪を愛おしげに梳き上げ、ルドルフは噛んで含めるような口調で言った。

「あなたの気持ちいいところを、さらに悦《よ》くしてくれる薬だ。──こんなふうに」

ルドルフはシュミーズの上から乳首をつまんで、長い指先でくりくりと擦り上げた。

ジィンと胸の突起が痺《しび》れて、エヴァリーンの背筋が伸び上がる。

あられもない声が出そうだった。エヴァリーンは咄嗟に手で口を覆ったが、間に合わなかった。ほっそりした指の隙間から、艶《つや》やかな嬌声《きょうせい》が漏れてしまう。

「あぁあ……っ」

「あなたが正気を失う前に、もう一つ教えておこう。あなたに与えた媚薬は、人の持つ感覚を高めてくれるものだ。それは苦痛かもしれない。あるいは性感かもしれない。あなたは快感を享受《きょうじゅ》する才能があったようだな。少し触っただけで、かわいい乳首が勃《た》ってきた。ほら、わかるか……？」

「やっ、あぁ……やめ、て……っ」

ルドルフに擦られている乳首がつうんと尖《とが》り、シルクのシュミーズを淫らに盛り上げている。

不埒な指で弄られるたびに、ひくひくと震えてしまい、もっと強くそこを擦ってとねだるようだった。

──そんなはずはないわ……。

エヴァリーンは激しく首を振った。金色の髪先がルドルフの頬を打ったようだが、彼の行為は止まらずにむしろ加速する。

「エヴァリーン……。感じながらも、意地を張るあなたがかわいらしい……」

ルドルフはエヴァリーンの首筋を甘く吸い、華奢《きゃしゃ》な身体をシーツに押し倒していった。

なおも自分の胸を守ろうとするエヴァリーンの手を押しのけ、薄いシュミーズをゆっくりと引き裂いた。

「あ……」

ひとしきり愛撫された乳房を晒すのは、なにもされていない胸を見せることよりも、ずっと恥ずかしいことだった。

男の指に慣らされた乳房は淫らに熟《う》れ、しっとりとした汗をまとって艶めかしい。胸の先がぴんと勃ち上がり、じんじんと熱く疼いていた。

自分はコルセットの内側にこんないやらしいものを飼っていたのかと、すさまじい羞恥《しゅうち》で頭がおかしくなりそうだった。

「やぁ……見ないで……」

逃げ出そうにも、ルドルフの大きな身体が胸にのしかかっている。心臓の鼓動が濁流のように速くなり、うまく息を吸うことができない。エヴァリーンは鞴《ふいご》みたいに胸を上下させ、火矢のように熱く鋭い男の視線に耐えた。

「ようやくあなたの秘密を暴くことができた。あなたの乳房は陶磁器のように白く、なめらかだったのだな」

そのなめらかな両胸を手のひらで包み込み、ルドルフは優しく押し回すようにして揉み始める。

「いや……」

「ひどく乳房が大きい割に、あなたの乳首は幼子のように小さいな。予想以上に愛らしい色だ。舐めて、吸って、かわいがって、めちゃくちゃにしたくなる……」

熱に浮かされたような陶然とした声が、寝台の幕内にこもってふわりと反響し、閨《ねや》の空気を甘やかなものにする。

エヴァリーンの胸が疼いてしまったのは、ルドルフの行為を期待したからではない。

そうだ、そのはずだ。

けれどルドルフはエヴァリーンの乳房を揉み、あやすように乳輪を引っかいては、官能の熾火《おきび》をじりじりと炙《あぶ》った。

必死で声を噛み殺そうとしても、喉の奥から甘い高揚《こうよう》が込みあげる。

「んっ、あぁ……だめ、ルドルフ殿下……」

敏感な乳首に少しも触れず、乳輪ばかりを擦るのは、エヴァリーンの性感を焦らしているからだろう。

触られてもいない薄紅色の突起が火照り、ぴくぴくと震えながら勃ち上がっていった。

それは、ルドルフがもたらす刺激を欲しがるように見えて、エヴァリーンは浅ましい自分が情けなくなる。

唇を歪めると、ルドルフの指が唇の線を宥《なだ》めるように辿った。

「エヴァリーン……そんな顔をするな。感じることは、悪いことではない。あなたが素直に感じる様を見せてくれ」

ルドルフはくせのない髪をさらりとかき上げた。その煌めくような銀髪を、指の間からきらきらとこぼしながら、エヴァリーンの胸に顔を近づけてくる。

端整な唇を割って、濡れそぼった赤い舌がのぞく。その先の行為を予想したエヴァリーンは、きつく目をつぶった。

せめてその場面を見ないようにしたかったのだ。

けれども、それは失敗だった。視界が暗くなったことで、エヴァリーンの感覚がさらに研ぎ澄まされた。

「んっ、あぁあぁ……っ」

唾液を絡めた舌で乳首を舐《な》められる感触がした。そして、ねっとりと舐め転がされ、背中がのたうつような快感を与えられる。

衝撃のあまり、びくんと跳ね上がった乳房を手でつかまれ、窄《すぼ》めた唇で乳首をちゅうっと吸い上げられた。

「ふ……っ、あぁ……っ」

　どうしようもない疼きが込みあげてきて、エヴァリーンは逃げるように身体を捩《よじ》るけれど、ルドルフの唇はどこまでもそれを追ってきた。

　乳輪にあやすようなキスをして、乳首の根元から先までをゆっくりと舐め上げる。

「ひぁ……ん……あぁ……」

　胸の先端に軽く歯を立てられると、エヴァリーンの身体が大きく跳ねてしまった。閉じた睫毛の先に涙をにじませ、エヴァリーンは震える声で懇願した。

「いや、ルドルフ殿下……。もう……舐めないで……っ」

　目をつぶっていて見えないのに、いや、むしろ見えていないから、小さな乳首をかわいがられる感覚が、エヴァリーンの全身を快感の矢となって貫《つらぬ》いていた。

　シャンパンに混入されていた媚薬の効果と相まって、乳房に吹きかけられる熱い吐息の感触にすら、ぞくぞくと背中が震えて止まらなかった。

「いや？　いやではないだろう。あなたのここは、私の舌が欲しいと言っている。ふっ、乳首の色が濃くなってきた。あなたのそこは感じてくると、チェリーのように赤く熟すのだな。――ああ、そしてあなたの乳輪も、愛くるしい形になってきた」

　――そんな……。

おそるおそる薄目を開けると、ルドルフに舐められている乳輪が、ぷっくりといやらしい形に膨らんでいた。まるで、彼にもっと舐められたいというように。

乳首の先もほの赤く色づき、ぴくぴくと震えて物欲しそうだ。

「いや……もう、やめてぇ……っ」

いやだ、やめてと口では言うけれど、エヴァリーンの言葉とは裏腹に、身体は熱くなるばかりだった。

ルドルフの舌で意のままに快感を高められる。

時折、からかうように乳首に歯を立て、ゾクンとするような刺激を与えながら、濡れそぼった舌でじっとりと舐めるのだ。それはもうたまらない疼きが積み重なって、エヴァリーンはひくんひくんと乳房を震わせ、斜めに乳首を舐め転がされた瞬間に達してしまった。

「ひ、あぁあ――っ！」

悲鳴のような嬌声を上げたエヴァリーンは、胎児《たいじ》のように身体を丸めて横向きになった。身を縮めて自分の顔を隠したのだが、ルドルフは見逃してくれない。

エヴァリーンの腕をつかみ、強引に身体を開かせるのだった。

両方の乳房を荒々しく絞り出し、二つの小さな乳首を中心に寄せると、ルドルフはそこに熱い唾液を垂らした。そして、寄せた乳首同士をくちゅくちゅと擦り合わせる。

乳首の先が溶け落ちてしまうような快感が、エヴァリーンの身体を激しく波打たせた。

「あぁ、あぁあぁあ――っ」

すぐに新しい絶頂の波が訪れた。顔を隠すためにかざした手は、ルドルフによってシーツへと追いやられる。

絶頂の瞬間の蕩けきった顔を、ルドルフが射るような目で見つめている。

――ああ、いや。見ないで、見ないで。

こんな自分を見ないで欲しいのに、エヴァリーンを見据えるルドルフの呼吸が徐々に荒くなるのを感じると、エヴァリーンの心臓の鼓動はどきどきと高鳴っていった。

「あぁ、エヴァリーン……快感に身を任せるあなたは綺麗だ。淑女然として澄ましている顔の何倍も美しい」

汗で顔にはり付くエヴァリーンの髪を丁寧に梳《す》き上げ、金糸のような一房を手にとったルドルフは、そこに優しい口づけを落とした。

立て続けに達したエヴァリーンは、なにも考えることができなかった。力が入らない手足をシーツに投げ出して、乳首から垂れ落ちるルドルフの唾液を、なんの感情もこもらない虚ろな目で見つめた。

「ずいぶん気持ちよかったようだ。まさか乳首だけで二度も達するとは。あなたほど感じやすい女性は見たことがない」

「媚薬を……飲まされたからです……」

——私がこんなに乱れてしまったのは、ルドルフ殿下の媚薬のせいだ。

すべてを媚薬のせいにすると、ほんの少しだけ心が軽くなった。

しかし、ルドルフの楽しげな声がエヴァリーンの逃げ道をふさいだ。

「あなたに教えていただろう？　あの媚薬は個々の感覚を高めるものだ。あなたがこの行為に嫌悪を感じたら、快感などは覚えず、嫌悪感だけが高まるはずだった。あなたが私の愛撫に溺《おぼ》れ、二度も達してしまったのは、この行為に最初から快感を覚えていたからだ」

「そんな……」

違うと反論したかったけれど、エヴァリーンは自分に自信が持てない。

今まで他人に胸を触らせたことはない。もちろん、自分で慰めたこともなかった。それは不道徳な行為だからだ。

エヴァリーンはローリア男爵家の一人娘として、清く、正しく、心の美しい人間であろうと努めてきた。

だが、ルドルフに胸を弄ばれて達してしまった。

自分は無意識のうちに、こんな不道徳な快感を求めていたのだろうか……？

——私は淫らな娘なのかもしれない。

悲しみが胸を突き、ほろりと涙がこぼれた。

「エヴァリーン」

強制的に快感を植え付けてエヴァリーンを泣かせた男が、彼女の涙を優しい指先でぬぐった。

「欲情する男の前で、女性の涙は必ずしも武器になり得ない。逆に男の熱情を煽る炎になる」

「え……？」

涙で濡れた目をみはるエヴァリーンの前で、ルドルフはすべての衣服を脱ぎ捨てていった。

脚の間に勃ちのぼるものを目の当たりにし、エヴァリーンの全身からざあっと血の気が引く。

それは太い血管を巻き付けて、なにか別の生き物のように脈動していた。膨れ上がった先端がぬらつき、先走りの露が卑猥に滴っている。

「ひっ」

男性自身を見るのは初めての経験だった。

女性を抱きたくなった男性はそういう状態になるのだと、夫を持ったばかりの女友達が言っていた。

エヴァリーンはあまり興味はなかったのだけれど、仲間うちで最も早く結婚した彼女が、得意になって話していたのを聞いていたのだ。

しかし、ルドルフのそれは、女友達から聞いたもの以上にたくましく、大きいような気がした。

恐ろしさに手足が強ばった。

反射的に目を伏せるが、棒のように固まった腕を取られて、ルドルフの欲望に導かれる。

「きゃあっ」

熱く、雄々しい手触りに、エヴァリーンは竦み上がる。そこをやわらかく握らされると、ドクドクと脈動する男の劣情《れつじょう》が感じられた。

「行為が進んだら、正気ではいられまい。よく覚えておけ。これが、あなたの花を散らすものだ」

「いやあっ」

ルドルフのそれを振り払って、自分の胸の前で手を握り込んだ。

ルドルフを振り払った時に、彼の腕を引っかいてしまったらしい。ルドルフが乾いた笑みを漏らし、血もにじんでいない掠り傷をこれ見よがしに舐めた。

「そうか、私の汚らわしいものには、触れたくもないか」

それは少し違うと思った。

生々しいルドルフの欲望がもたらしたのは恐怖だ。嫌悪とか、羞恥とか、そういったものではなくて、頭の中が壊れそうなくらい恐ろしかった。

「あ、あぁ……いや……もう……やめて……」

「男がこうなったら、止まるものではない。あらがいの声は、欲情の炎に油を注ぐようなものだ。諦めろ、かわいいエヴァリーン」

エヴァリーンの腰を撫で下ろした手が、レースの下穿きを引き下ろしていった。

抵抗しようともがいた手は、幾度かルドルフの腕を引っかいたが、シーツの上に押しつけられた。

「きゃ……っ」

膝をつかまれ、ゆっくりと脚を開かれる感覚に、エヴァリーンは息が詰まるようだった。強ばった身体はうまく動かない。膝を閉じようとするけれど、ルドルフの手に力が込められ、エヴァリーンはさらに大きく脚を開かされた。

「うぅっ」

「あなたのここは、髪と同じ色をしているのだな。美しい金色だ」

内腿の線を撫で上げたルドルフは、やわらかな茂みをしゃりしゃりと指先で擦った。

あられもない場所を見られ、ルドルフの指で弄ばれている。恐怖と羞恥がない交ぜになって、エヴァリーンは小刻みに身体を震わせた。

そして、慎ましく閉じた花びらの割れ目に、灼《や》けるような塊《かたまり》が押しつけられた。それはみっちりとした重量があり、一刻でも早くエヴァリーンの花を犯したいと、ドクドクと狂おしいほどの脈動を繰り返していた。

「やぁ……」

「私がこうなったのは、あなたのせいだ。あなたは私の愛撫に溺れ、淫らに喘《あえ》ぎ、私の情欲に火を灯した。あなたの柔肌で鎮めてもらうよりほかはない」

──私のせい？

私が淫らな女だから、高潔な王太子が変貌したの……？

婚約者以外の男に処女を散らされるのは、自分の行いが悪かったのだと思えてくる。

ルドルフは大国メリクシアの陸海両軍の元帥でもある。軍の最高権力者として国中の兵士を統率し、優れた手腕を発揮しているのだ。

ルドルフの言葉には不思議な説得力があった。「あなたが淫らなせいだ」という、言いかがりのような理由にも、エヴァリーンは心を絡め取られてしまい、正常な判断ができなくなる。

「ひどく痛むだろうが、慣らさずに挿入させてもらう。私があなたを最初に貫いた男なのだと、あなたの魂に刻み込むためだ」

片脚を大胆に抱えられて、脚を閉じようにもできない不安な感覚の中を、滾《たぎ》り上がる熱塊がゆっくりと沈んでいった。

しかし、エヴァリーンの花はかたく閉じている。入口の襞をきゅうっと収縮させ、灼《や》けるような異物の侵入を懸命に拒んだ。

「つぅ……あぁっ」

「力を抜け、エヴァリーン。あなたが辛くなるだけだ」

エヴァリーンは歯を食いしばる。

こうなったのは自分が悪かったのかもしれない。けれども、婚約者のある身で他の男性に抱かれるなんて、神様がお許しになることではない。

せめてもの抵抗だったのだが、ルドルフは指で花びらを押し開き、もう片方の手で己の屹立《きつりつ》を握ると、それを強引に押し込んでいった。

「痛……っ」

大きく張り出した部分がエヴァリーンの柔襞を突き犯す。

指さえも入れたことがない繊細な隘路《あいろ》を、大人の男の灼熱《しゃくねつ》でズプリと貫かれる衝撃は、とても耐えられるものではなかった。

エヴァリーンは溺れる者が藁《わら》をもつかむような必死さで、自分を犯す男の腕にしがみついた。

「あぁ、痛い……痛いの……っ。抜いてください……あぁあっ！」

大粒の涙をぽろぽろと流しながら、ルドルフの腕に爪を食い込ませて懇願する。ルドルフはわずかに口角を上げ、エヴァリーンの頬に流れる涙を啜った。

　その唇の感触が優しかったので、ルドルフは抜いてくれるのかもしれないと、エヴァリーンは一瞬、期待してしまった。涙に濡れた目でルドルフを見つめる。

「あなたの濡れた瞳は男を昂ぶらせる。もっと強く私に爪を立てろ、エヴァリーン」

「あああああっ！」

　一息に最奥《さいおう》を穿《うが》ったルドルフは、引き締まった腰を大きく押し回した。屹立に絡みつく乙女の粘膜《ねんまく》のひくつきを味わい、ぶるりと肩を震わせる。

「つっ、きつい……。引き千切られそうだ。いいぞ、エヴァリーン。私を止めたければ、私のものを引き千切ってみろ。さあ——」

　ルドルフは不敵な笑みを浮かべ、痛みのあまり逃げようとするエヴァリーンの腰をぐいっと引き寄せる。小さなお尻に指をめり込ませると、膨れ上がった切っ先で子宮口を突き上げた。

「いやっ、ひ……ああっ！」

　結合部から鮮血が滴って、エヴァリーンの内腿を濡らした。その赤さを指で掬ったルドルフは、艶やかに濡れた自分の指先を満足そうな目で鑑賞した。

　そして、猛《たけ》ったものでエヴァリーンを揺さぶりながら、破瓜《はか》の血で染まった指を口に含むのだった。

「あなたの絶望の味がする……」

うっとりと目を細めたルドルフは、エヴァリーンの震える唇に口づけをした。

「ンン……っ」

生まれて初めて交わす口づけは、自分の破瓜の血の味がした。

エヴァリーンは舌を絡め取られ、ルドルフの舌を執拗《しつよう》に擦りつけられた。くちゅくちゅと卑猥《ひわい》な水音をさせながら、鉄臭いエヴァリーンの絶望が染みこんでくる。

──私は純潔を失った。もう、無垢な乙女ではないのだ。

半年後、真っ白い花嫁衣装を着て嫁ぐはずだったのに。エヴァリーンの未来は絶望で塗りつぶされてしまった。

目を開けているのに、視界が暗くなっていく。

立ちくらみと感覚が似ていた。

──あぁ、自分は失神できるのだ。

この悪夢から逃げられるのだと、エヴァリーンは安堵したけれど、ルドルフの激しい口づけが、エヴァリーンを悪夢に縫い留める。

「ひぁ、ルドルフ殿下……ん、ふぁあ……っ」

「エヴァリーン……ふ、つ……っ」

角度を変えてエヴァリーンに口づけながら、ルドルフは脈打った熱塊を幼い襞にねじ込み、ぎりぎりの場所まで引き抜く行為を繰り返した。

「や……はぁ、あぁあ……っ」

やわらかい粘膜を何度も擦られると、甘く痺れるような疼きが生まれてきた。血ではないものがとろりとあふれ出し、軋《きし》むようだった交わりの摩擦をなめらかにする。

「ンンっ、あぁあっ」

「気持ちよくなってきたか？　腰にくる甘い声だ。つっ……っ」

「やぁ……気持ちよくなんて……あぁっ」

艶めいたエヴァリーンの声が、ルドルフの情動を突き動かすようだ。ルドルフは目を眇《すが》め、エヴァリーンの乳房を揉みしだくと、狭い蜜路をぐちゅぐちゅと突き犯した。

「うくっ、ひあぁあぁ……っ」

行為に慣れてきたのか、媚薬の効果なのか。理由は定かではなかったが、痛みばかりだった抽送の感覚はいつの間にか変わっていた。

一番深い場所を突き上げられると、ぞくんとした妖しい疼きに襲われる。エヴァリーンは足の指を丸めてシーツを引っかいた。

「ん……っ、あぁっ、ふぁあっ」

敏感な襞の連なりを執拗に擦られ、痺れ上がった粘膜がぬちゃりと鳴いて蜜を吐く。たくましい屹立に浮き出た血管を濡らし、膨れ上がった根元から愛蜜が滴って、シーツに卑猥なシミを作った。

「く……っ、あなたの奥がうねってきた」

己の分身を締めつける柔襞をもっと感じたいようだ。ルドルフは滾り上がるものでじっくりと最奥を押し回した。

「はぁ、あぁあ……っ。そこ……だめ……」

「──だめ？　辛いのか？　それとも、快感でおかしくなりそうなのか？」

怜悧なダーク・グリーンの眼差しが間近に迫り、心配そうに煌めいて、エヴァリーンの息が止まりそうになる。

──辛くはないわ。

ただ、秘められた場所が熱く疼いている。とめどない蜜をあふれさせている。

だから、そこをいじめないで……。

そんなことを言えるはずもなく、エヴァリーンはふいっと横を向いた。

「言わないか。あなたは意地っ張りだな。──辛くないならば、それでいい」

エヴァリーンの肌が火照り、豊かな胸の谷間を汗が流れた。真珠のような汗の雫が光っている。眩しげに目を細めたルドルフは、乳房に唇を寄せて光る雫を舐めた。

「あぁあ、ルドルフ殿下……んっ、ふぁ……っ」

猛ったもので揺さぶられながら、ざらついた舌で胸の谷間を舐められるのがものすごく悦くて、全身が蕩けるようだった。

でも、快感を甘受していると思われたくない。乳房に顔を埋めるルドルフの髪を引っ張った。

けれどか弱い抵抗など、ルドルフは意に介さない。

凶暴に張り出した先端をさらに膨らませ、濡れそぼった蜜路を力強く擦り上げるのだった。

「ひあっ！」

ルドルフの髪をつかんだ指が硬直してしまう。エヴァリーンは結局、ルドルフの頭を抱きしめるような格好になった。

「や……っ、あ、あ、ひぁあ……ん」

「あなたをもっとよがらせたい。激しく突くが、堪《た》えてくれ」

折り曲げた膝をぐいっと持ち上げられる。膝が自分の胸を押しつぶし、腰が高く突き出されてしまった。

身体が軋んだエヴァリーンは苦しげに目元を歪めた。

けれども、ルドルフの猛った切っ先を突き立てられると、震え上がるような愉悦《ゆえつ》が全身を巡った。

「やぁっ！　あぁあ……っ、んぁあぁっ！」

凶悪なくらい大きなもので貫かれると、結合部から激しい快感がはじけ飛び、屹立を咥え込んだ花びらが引きつった。

「ふぁあっ！」

堪えきれない嬌声を上げたエヴァリーンは、宙に浮いた脚をビクビクと跳ね上がらせた。ルドルフはエヴァリーンの脚を宥めるように撫でた。そして、大きく背中をしならせると、乙女の柔襞を破壊する勢いで腰を振り立て始めた。

「んあぁっ……いや……激し……あうっ、あぁあっ！」

ルドルフが漲った屹立を引くたびに、大量の蜜がかき出されていった。二人の下腹部をびっしょりと濡らして、交わりの音を淫猥《いんわい》なものにする。

「いやぁ……ルドルフ殿下……もう、動かないで……」

「まだだ、エヴァリーン。気が触れるほどの快感をあなたに教えてやろう」

「ひあぁあぁっ」

銀色の髪先から汗を飛び散らせ、ルドルフは腰の動きを速めた。幼気な粘膜を縦横無尽にかき回し、頭の中が真っ白になるような愉悦を刻みつける。

「ああ！　あぁああ！　私、私、もう……っ」

ルドルフの凶暴な切っ先が、ひときわ強く最奥を抉った瞬間だった。濁流のような快感が押し寄せ、エヴァリーンはガクガクと身体を揺らして達してしまった。

「ふあぁあぁ――っ！」

乙女の膣にもたらされた悦びは、胸で達した時とは比べようもないくらい気持ちいいものだった。

身体中の痙攣《けいれん》が止まらない。

隘路の襞がきゅうきゅうと蠢動《しゅんどう》し、膨れ上がった熱塊を切なく締めつけた。

「はっ、締まる……。これは……もちそうもない」

ルドルフは掠れた声を絞り出す。

その意図することを察し、エヴァリーンはビクリと肩を揺らした。

「いや、それだけは、いやあ……っ」

「駄目だ。私のすべてを受け入れるんだ」

厳しい声音で言い放ったルドルフは、今にも破裂しそうな熱塊で粘膜を擦り上げた。

「あぁあ……っ、やめて……赤ちゃんが……できてしまいます……！」

「子ども――か」

婚約者のいる貴族令嬢を孕《はら》ませたら、ルドルフ自身だって困るはずなのだ。けれども、彼はひどく楽しげな笑みを浮かべ、怯える蜜路を犯す行為をやめようとしない。

「いやっ、いやあっ！」

ルドルフにしっかりと腰を抱えられて、逃げることはできなかった。めちゃくちゃに頭を振ると、エヴァリーンの瞳から涙が飛び散っていく。

「それほど私の子を孕むのは嫌か？」

「困ります……！」

婚約者のいる身で別の男性の子どもを孕むなんて、世間に顔向けができない。なにより
も、十六年間、大切に自分を育ててくれた両親に申し訳がなかった。

「――そうだ、エヴァリーン。かつて私の母がこんなことを言っていた。心から愛する男
に抱かれた時、女は初めて子を孕む。しかし、愛は消えても、子は残るのだ……と。ふっ、
難儀なものだな」

ルドルフは忌々しげに半眼を閉じ、凍えるような冷たい笑い声を漏らした。

――この人は、なにを言っているの……？

「あなたは私を愛していないのだろう？　だったら決して子はできない。安心して私の熱
情を受け入れるといい」

「そんなこと……っ」

気休めに過ぎないではないか。

たとえ相手を愛していなくても、子どもはできてしまう。

そして、心から愛し合う夫婦の間にだって、どうしても子どもが生まれないこともある。

エヴァリーンは痛いくらいそれを知っている。

だが今はルドルフの気休めに縋るしかなかった。

「つっ、エヴァリーン……っ」

ルドルフは荒々しい息を吐き出し、折れそうなくらい細い腰を揺すぶった。

そして、最奥で跳ね上がった牡が、ドクンと熱い飛沫を迸《ほとばし》らせた。

「あぁ、いや……っ」

「エヴァリーン……はっ、く……っ」

熱い切っ先を子宮口に押しつけ、ルドルフは断続的に白濁《はくだく》を放った。昨日までなにも知らなかった無垢な粘膜を、大人の男の情欲で染め上げていく。

エヴァリーンの小さな器では受け止めきれなかった迸りが、結合部からどろりと滴っていった。

「いやぁ……もう出さないで……無理……あふれて……あぁ……っ」

「あなたは嘘つきだな。あなたのここは、私の熱情をもっと呑み込みたいと蠢動している。

――ふっ、また、達《い》く……っ」

しなやかな筋肉のついた背中をブルリと震わせて、ルドルフは熱湯のような飛沫を噴き上げた。

「ひあぁ……っ」

熱い白濁がびしゃりと内壁を打ち、感じやすい粘膜が疼き上がった。震え上がるような快感に貫かれ、エヴァリーンはぴくぴくと下肢《かし》を痙攣させる。

——もう……感じたくない……。誰か……助けて……。お父様、お母様……。

「神様……っ」

エヴァリーンは救いを求め、虚空に手を伸ばした。けれども、その手をルドルフがつかみ取る。自分という存在をエヴァリーンに知らしめるように、きつく指を握り込むのだった。

「神はいない。この寝台に存在するのは、欲情に濡れた男と女だけだ。——わかるだろう？　あなたの奥深いところが、嬉しそうにひくついている……。あなたは男の射精に感じるのだな。それならばあなたの気が狂うまで、放ち続けてやろう。は、つっ……！」

何度精を放とうが、ルドルフの分身は衰えを知らなかった。

熱い鉄の塊のように漲って、エヴァリーンのやわらかな深部を犯しては、濃厚な白濁をドクッと放出する。

「あぁあぁあ……っ！」

それはまるで、断崖の下に落ちていくような絶頂感だった。

エヴァリーンは弓なりに背を反らし、涙を流しながら意識を失った。

第三章　王太子の執着

真っ白い薔薇のアーチをくぐり抜けると、美しく整えられた薔薇園が目に飛び込んでくる。

赤煉瓦《あかれんが》の小道がゆるやかな川のような流線を描き、その両脇に黄色い薔薇が咲き乱れていた。

薔薇の花びらが舞い散る中、エヴァリーンは軽やかな靴音を小道に響かせる。薔薇の花冠《はなかんむり》を被った女神の胸像に挨拶《あいさつ》をして、蔓《つる》薔薇の生け垣を横目に進んでいった。

びゅんびゅんと飛ぶように景色が変わるのは、エヴァリーンが思いきり走っているからだ。

あれは三、四歳の頃か。

エプロン・ドレスが大きくひるがえり、中のペチコートが丸見えになっても気にしないで走っていた。

幼い頃のエヴァリーンはとてもお転婆だった。木登りをしたり、砂遊びをしたりして、

すぐにドレスを汚すので、エプロンを着せられていた。

これは夢だ。

——私は幼い頃の夢を見ているのだわ……。

全力疾走していた幼いエヴァリーンが、おさげ髪を結わえたピンクのリボンを跳ね上げて、ぱっと立ち止まった。そして、笑顔で振り返り、大きな声で叫んだのだった。

「ルドルフ様ー！　はやくーっ！」

千切れんばかりに手を振るエヴァリーン見て、片手に楽器ケースを持った少年——ルドルフが、困ったような表情を浮かべている。

「そんなに走ったら危ない。転んでしまうよ」

「転んだっていいの。立ち上がればいいんだもん！」

——そうだったわ。

すっかり忘れていたけれど、あの頃の私は、ルドルフ殿下のことが大好きだったのだわ……。

時々会える特別な日を、毎日、指折り数えて待ちわびていた。

だから会えた時は、いつも駆け足だった。

転びそうになっても構わなかった。少しくらい痛い目に遭ってもいいから、一秒でも早く、ルドルフと楽しい時間を過ごしたかったのだ。

「ルドルフ様、はやく、はやくー！」

先にベンチへ到着した幼いエヴァリーンは、そこにちょこんと座ってルドルフを待った。胸がわくわくして落ち着かず、足をぶらぶらさせている。

「待たせたね、お姫様」

「うふふっ」

ルドルフから「お姫様」と呼ばれたこと、優しい手で髪を撫でられたこと、一緒のベンチに座れたこと——すべてが嬉しかった。

そんな時は胸に甘酸っぱいような気持ちが満ちた。どうしたらいいのかわからなかった自分は、ただルドルフの綺麗な横顔を見つめたものだ。

幼いエヴァリーンの瞳の中で、ルドルフが楽器ケースを開いて、飴色のヴァイオリンを取り出した。

「なにがいいかな？　エヴァリーンが好きな曲を弾くよ」

「子守歌！」

間髪を容れずに幼いエヴァリーンが答えた。

「君はいつもそれだね。飽きないかい？」

肩にヴァイオリンを乗せ、弓を構えたルドルフがふっと苦笑する。

「ううん！　私は、ルドルフ様が弾いてくれる子守歌が一番好きなの！」

「そうか、ありがとう」

喜びの感情を噛みしめるような声で告げ、少年ルドルフが奏で始めた曲は――。

――えっ？　これが「子守歌」なの……？

それは有名なワルツの曲だった。

舞踏会でよく耳にする曲で、叙情的な旋律がとても美しい。けれども、子守歌に使われることはあまりないと思う。恋人を亡くした詩人が月光に惑わされ、愛しい人とワルツを踊る幻を見るという、切ない悲しみをまとう曲だったから――。

しかし、幼いエヴァリーンは、啜り泣くようなヴァイオリンの音色に目を蕩けさせると、ふわあっとあくびをして、隣に座ったルドルフの膝にこてんと頭を預けた。

すると肩にあたたかい感触がして、ルドルフの上着を掛けてもらったことがわかる。美しくも悲しいヴァイオリンの音色を聴きながら、幼いエヴァリーンは安らかな眠りに落ちていった。

――幼い私は、あの方のことを「ルドルフ様」と呼んで、親密な交流をしていたのだわ。いつから他人行儀な関係になったのかしら？

そして、いつから私は、あんなに大好きだったルドルフ殿下を、恐ろしいと思うようになったのかしら……？

あの方が獲物を狙う獣のような目で私を見つめるようになったから？　いいえ、私の方になんらかの原因があった気がするわ……。

でも、それがなにかわからない……。

夢の中の幼いエヴァリーンは、すっかり寝入ってしまった。絡まり始めた疑問の糸は、とてもほどけそうもない。

考えを巡らせている間に、十六歳になったエヴァリーンの睫毛が震え、夢の中から現実へと引き戻されるのだった。


寝台に上半身を起こすと、脚の間がジクリと痛んだ。

自分は生まれたままの姿のようだ。身体に掛けられていた毛布をめくり、エヴァリーンは痛みを覚えた場所に視線を落とす。

「や……っ」

秘められた場所から、どろりと白濁が滴っている。

エヴァリーンは慌てて自分に毛布を巻き、ルドルフが放った情欲の残滓《ざんし》を見ないようにした。

「こっちが夢だったらよかったのに……」

凶暴に猛ったもので最奥を貫かれ、熱い精を幾度も注がれた後、エヴァリーンは気を失ってしまったのだ。

窓の外は明るく、それほど時間は経っていないように思える。

ルドルフの姿は見えない。隣の枕が使われた様子がないので、あの後、すぐに寝室を出たのかもしれない。

先ほどの夢はまだ覚えていた。

とても小さかった頃、エヴァリーンは本当の兄のようにルドルフを慕っていたのだった。

けれども、いつの日からか、彼のことが怖くなって……。

そして、今は――。

「顔も見たくないわ」

一刻も早く自分の家に帰りたい。

離宮を出て森番を見つけ、王都へ向かう道を教えてもらうのだ。

とはいえ、森番を見つけることができず、鬱蒼とした森の中で迷ってしまうかもしれない。けれども、ルドルフに頼んで馬車で送ってもらうくらいならば、たった一人で森へ出て、狼に食べられた方がマシだと思った。

着ていたドレスは破られてしまった。外套かなにかを借りようと思い、エヴァリーンは続き部屋の扉を開けた。

「ここは……？」

ちょっとした舞踏室くらいの広さがある。ただし、窓が一つもないので、灰色の煙が立ち込めているかのように薄暗かった。

エヴァリーンはランプを見つけて明かりを灯した。

四方の壁は落ち着いたシトロン・グリーンで、大きさの違う無数の額縁が掛けられていた。

なんとなくその一つに目を留めたエヴァリーンは、手にしていたランプを落としそうになった。

「ひ……っ」

何十、いや、何百の絵画が掛けられているのだろうか。額縁の中に存在するのは、すべて自分の姿だった。

エヴァリーンの日常を描いたスケッチが多いようだ。

母親に抱かれて眠る赤ん坊のエヴァリーン。

真剣な顔で書き取りの練習をする幼少のエヴァリーン。

暖炉《だんろ》の前に置かれた椅子に座って、両親とお喋りをする十歳くらいのエヴァリーン。

社交界デビューのため、ドレスの仮縫いに臨む十五歳のエヴァリーン。

エヴァリーン、エヴァリーン、エヴァリーン……。

さまざまな年代の絵がずらりと並んでいた。

——いいえ、私の絵だけではないわ……。

額縁の中には、エヴァリーンの名が彫刻された銀のスプーン、幼い頃に好きだった絵本、家庭教師が採点したエヴァリーンの答案、昔つけていたエヴァリーンの日記帳、さらには一年ほど前にエヴァリーンが制作し、孤児院のバザーのために寄付したはずの刺繍絵なども飾られていた。

——どうして……こんなものが……。

ぞくっと背筋を震わせたエヴァリーンは、右手側の壁にそびえる大きなクロゼットに気づいた。

なにか恐ろしいものが詰まっていそうだ。

エヴァリーンは蒼白になったが、その中身を確かめないわけにはいかない。

カタカタと震える指でクロゼットを開けると、見覚えのあるものばかりが目に映った。

小さくなったり、古くなったりして、処分したはずのドレスや帽子、靴などだ。女友達とピクニックに行った際、茨《いばら》に引っかかって破れてしまった絹の靴下もある。

「いやぁ……っ」

自分の名前が刺繍されたベビードレスを握りしめた時、背後でカタンと音がした。

いつの間にか部屋に入っていたルドルフが、新しい額縁を壁に掛けていたのだ。

「おいで」

優しい声がエヴァリーンを誘った。

だが、恐怖で手足が固まってしまい、エヴァリーンはその場から動けない。

近づいてきたルドルフがエヴァリーンの肩を抱き、エヴァリーンをその額縁の前へと連れて行った。

「いやあっ！」

それを目にしたエヴァリーンは、両手で顔を覆って慟哭《どうこく》した。

「よく見るんだ。あなたが女になった記念ではないか」

目隠しをした手を奪われ、ルドルフに顎を上向かされた。

エヴァリーンの目にどうしようもなく飛び込んでくる。

その額縁にはめ込まれていたのは、赤い点々が飛び散った白い布――エヴァリーンの破瓜の血が付着したシーツの切れ端だった。

猛ったもので終わりなく貫かれ、声が嗄《か》れるほど喘がされた絶望の記憶がよみがえる。

エヴァリーンの歯の根が合わなくなり、カチカチと耳障りな音が響き始めた。

しかし、泣き崩れても、どうにもならない。

エヴァリーンは憤りを宿した強い目でルドルフを見つめた。

「どうして……どうして、私にあんなことをしたんですか。私には、ヒューゴという婚約者がいるんですよ……！」

恐怖に震えながらも、自分を陵辱した男を責めようとする姿がおもしろいようだ。ルドルフは楽しげに口角を上げ、エヴァリーンの髪の一房をふわりと手にまとわせた。

「──それが？　婚約者の存在など、なんの枷《かせ》にもならない。あなたは私のものだ」

ルドルフはそれを証明するように、手にしたエヴァリーンの髪先にキスをした。そして、長い髪をたぐり寄せると、エヴァリーンの首筋にねっとりと口づける。

「やめて……」

「あなたが私に囁くのは、あらがいの言葉ばかりだな。しかし、あらがいながらも私に貫かれ、身悶《みもだ》えるあなたは愛らしかった」

ふわりとした金髪に指を絡ませながら、ルドルフはエヴァリーンの耳を舐め上げた。

「あ……っ」

ルドルフの熱い舌が、小さな耳孔の奥を執拗につついた。熱い楔で最奥を犯された時を疑似体験するように、エヴァリーンの頬がさあっと染まっていった。

「あなたの耳は、私のものを咥え込んだあの場所と、同じような反応をするな。かわいらしくひくついている……」

「いや……言わないで……私……そんなこと……」

ルドルフは赤く染まった耳に舌を這《は》わせ、甘いキャンディーのようにピチャピチャと舐めた。

「あなたのことはなんでも知っている。私の愛撫で、あなたの肌がどう変化するのか。どのような食べ物が好きで、どのような小説を愛読するのか。文字のくせ、得意な刺繍の図案、友人関係。十二の歳に初潮がきたこと。口うるさい伯母に苦労させられたこと。そして、両親への想いも――」

――お父様、お母様……。

自分にとって最愛の人たちだ。

「おまえは結婚十年目に神様から贈られた宝物だよ」と言って、エヴァリーンを溺愛している。

そんな両親の愛情に応えたいと思い、エヴァリーンは真面目に生きてきた。

けれども、赤い斑点《はんてん》が付着したシーツ――純潔を散らされた証が、エヴァリーンのすぐ目の前にある。

おまえは両親の信頼に見合う娘ではないと、エヴァリーンを責めているようだった。

エヴァリーンを後ろから抱きしめたルドルフが、いやらしい手つきで乳房を揉みしだいてくる。

「私たちの情交が社交界に露見したら、あなたの両親は悲しむだろうな」

――情交？　違うわ。

ルドルフと情を交わしたわけではない。

あれは陵辱だった。

無理やりだった。

エヴァリーンの意思ではなかった。

しかし、社交界の理解を得るのは難しいと思った。

ルドルフは高潔な王太子として名高い。婚約者のいる貴族令嬢に媚薬を盛り、強姦するような卑劣な男とは結びつかない。

エヴァリーンが真実を訴えたとしても、社交界はそれを信じないだろう。

きっとねじ曲がった噂が広がる。

――ローリア男爵の一人娘は婚約者がいながらルドルフ殿下と恋に落ちたのだ。まあ、無理もない。国の英雄で軍神と謳《うた》われる凜々しい王太子が相手なのだから。そして、罪の意識に苛まれて心を病み、哀れにも王太子に陵辱されたと思い込んだのだ……と。

メリクシア国における男女間の醜聞《しゅうぶん》は、女性側の痛手がはるかに大きい。

噂に疎いエヴァリーンでさえ、お互い配偶者を持ちながら、不倫をした貴族の男女を知っている。女性の夫が決闘騒ぎまで起こし、大問題になったのだ。

あれから一年が経過した今、男性の方は平気な顔で社交界に出入りし、武勇伝のように過去の不倫話を語っている。

だが、女性の方は社交界を永遠に追放された。夫と離婚して実家に戻ったが、やがて居づらくなって、結局、修道院に入ったという。

エヴァリーンの母は、あまりその女性に同情的ではなかった。女性は貞淑の心を忘れたら終わりね――そう言って、眉をひそめていた。

――社交界に私の醜聞が流れたら、両親の肩身が狭くなってしまう。それに、お父様やお母様に、ふしだらな娘だと思われてしまうわ……。

「今日のこと……誰にも言わないでください。お願いします、ルドルフ殿下……」

不思議だった。

どうして無理やり自分を汚した男に、こんな頼み事をしなければいけないのか。

後から思えば、自分はルドルフの罠にかかっていたのだ。氷の糸で織り上げられた、美しい蜘蛛《くも》の巣のような罠に――。

首筋にふっと熱い吐息が触れた。背後からエヴァリーンを抱くルドルフが、彼女の首筋にキスをしながら笑ったようだ。

「いいだろう、あなたの意向に添うようにする。その代わり、私の願いもきいてもらおうか」

やがてルドルフに提示されたのは、交換条件と呼ぶにはあまりにも理不尽なものだった。しかし、両親の信頼を失うことをなによりも恐れるエヴァリーンは、唇を噛みしめて頷くしかなかった。

ラマンチカの森の離宮にエヴァリーンを迎えに来たのは、ローリア男爵家に勤める侍女のジェシカだった。二十代後半の小柄な女性で、頬に散らばる快活そうなそばかすが印象的だ。

ジェシカは着替えのドレスや下着まで用意してきて、エヴァリーンは最初こそ驚いたが、ああ、そうかと納得できる部分も多かった。

ジェシカは元々、エヴァリーンが幼かった頃の子守役だった。その後、エヴァリーンの侍女になり、姉のような親しみを込めて自分に仕えてくれた。

エヴァリーンの私物を長年の間、あれほど大量に持ち出せるのは、ジェシカしかいなかった。

そして、ジェシカは絵が上手だった。さまざまな年代のエヴァリーンを描いた絵画は、ジェシカの筆によるものだろう。

そういえば、エヴァリーンに睡眠薬と媚薬の入ったシャンパンを渡したのもジェシカだった。

二人で帰りの馬車に乗り込んでから、ずっとジェシカは涙を流して、同じ言葉を繰り返している。

「お嬢様……申し訳ありません。本当に……申し訳ありませんでした……」

ジェシカはいつも明るく、元気な女性だったから、子どものように泣きじゃくる姿に胸が痛くなる。

でも、エヴァリーンは、そんなジェシカを慰めることも、許すこともできなかった。

最も信頼していた侍女だったから、ジェシカに裏切られた心の傷は大きかったのだ。

エヴァリーンは馬車の窓枠に頬杖をつき、車窓の森林風景を眺めながら訊いた。

「なぜ、ルドルフ殿下は私の絵や私物を集めていたの？」

「わかりません」

「わざわざ婚約パーティーの日に、私を攫ったのはなぜ？」

「わかりません。すみません、お嬢様……っ。私のせいで……ふ、うぅ……っ」

最後は言葉にならず、啜り泣きに変わった。

「わからないことばかりなのね……」

ジェシカはなんの理由も聞かされず、ルドルフの言いなりになっていたようだ。

十六年間も……。

「……ジェシカはどうして、ルドルフ殿下に協力したの？」

「母が難しい病気で……高額な治療費が必要なんです……」

「そう。ジェシカはお母様思いね……」

エヴァリーンはそれきり口を閉ざし、車窓を流れる風景を見つめ続けた。ジェシカの顔を見ることはできなかった。

ローリア男爵邸に到着すると、エヴァリーンは頭からすっぽりとフードを被り、行商人の振りをして勝手口から屋敷に入った。

人に言えない淫らな秘密を持ったせいだと思うと、悲しかった。

ジェシカによると、エヴァリーンは婚約パーティーの最中に貧血で倒れ、自室で休息していることになっていた。ジェシカはエヴァリーンの部屋を施錠し、「お嬢様には安らかな眠りが必要だ」と言って、誰の見舞いも取り次がなかったという。

婚約パーティーは、終了予定時刻が間近だったこともあり、エヴァリーンの退場後も続行された。婚約者のヒューゴが招待客の対応や挨拶を一手に引き受けたようだ。

そのヒューゴからお見舞いの手紙が届いていた。

エヴァリーンは自室の文机でおもむろにヒューゴの手紙を開いた。

それはお見舞いというよりも、恋文のようなものだった。

ヒューゴらしい大らかな筆致で、エヴァリーンへの愛情が綴られている。

――君が倒れたと聞いた時は、心臓が止まるかと思った。あの時、君の傍を離れていて、ルドルフ殿下に倒れた君を任せることになった自分を殴りたい！

ほかの男に抱き上げられる君を見て、改めて思ったんだ。エヴァリーン、君を誰にも渡したくない。君を愛している。早く君と結婚したい。そうしたら、一晩中だって君の看病ができるのに……！

「ヒューゴ……ごめんなさい……」

この手紙をヒューゴが綴っていた時、もしかして自分はルドルフに抱かれていたのかもしれない。

罪悪感が胸に募った。

日はとっぷりと暮れている。

今夜中に返事を書いて、明日の朝一番に、従僕に頼んで届けてもらおう……ヒューゴの手紙を手にそんなことを考えていると、ジェシカが筆記具と便箋《びんせん》を銀盆に載せて持ってきた。

主人の先を読んで行動する優秀な侍女だ。

労《ねぎら》いの言葉が出ない自分は、心が狭いのかもしれない。エヴァリーンは悲しく思いながら、文机に便箋を広げ、羽ペンを取った。

親愛なるヒューゴ――と、手紙の冒頭を書き始めても、ジェシカは退出しなかった。

「もう下がっていいわ」

「あの――ルドルフ殿下から、カードをお預かりしています」

「見せて」

ジェシカが差し出したカードに、エヴァリーンはちらっと視線を送った。

なんの変哲もない白いカードだ。

文章のメッセージはなかった。

日付と時間を表す数字だけが記されている。

万が一誰かにカードを拾われても、送り主や宛先、その目的はわからないだろう。

「三日後、午後二時に離宮へ来い――ということね……」

ルドルフと約束をしていた。

例の件を秘密にしてもらう代わりに、いつでもルドルフの呼び出しに応じると。

「これはお返事が必要なものかしら？」

「不要……と、仰っていました」

――それはそうよね。私にお断りの返事を出すという選択肢はないのだから……。

「わかったわ。カードは処分しておいて」

「かしこまりました」

ジェシカはカードを握りつぶし、意を決したように顔を上げた。

「その日お嬢様は、子どもたちに文字を教えると言って、孤児院にお出かけになってください。カードのお時間に合わせて、辻馬車に偽装した馬車が参ります」

「そう」

「申し訳ありません、お嬢様……っ」

ジェシカは謝ってばかりだ。今日は何度、その言葉を聞いただろう。

ぐしゃぐしゃにカードを握りしめるジェシカの手が震えていた。

この十六年間、ジェシカは姉のように優しくエヴァリーンに接してくれた。

エヴァリーンが高熱を出した時は、母と一緒に徹夜で看病してくれた。家庭教師から宿題で出された暗唱を手伝ってもらったこともある。伯母のヘレンから邪険にされて泣いた時は、おもしろい話で笑わせてくれた。

あの日々がすべて嘘だったとは思えなかった。

エヴァリーンを裏切り、ジェシカも辛いのだと思う。

「ジェシカ」

退室しようとするジェシカに声をかける。

「お母様の具合はいかが？」

ジェシカは大きく目を見開いてエヴァリーンを見つめる。ジェシカの裏切りが露見して以来、エヴァリーンが目を合わせなかったので、驚いているようだ。

ジェシカに悪いことをしてしまった。

「お……おかげさまで……小康状態を保っています……」

「そう。今度、お見舞いの品を贈らせてね。お母様は甘いものを食べられる？　チェリーパイは好きかしら」

それはエヴァリーンの得意料理だった。時々、何十枚ものチェリーパイを焼き、ローリア男爵邸の使用人に振る舞っていた。

ジェシカはエヴァリーンが焼いたチェリーパイが大好物で、一人で何切れも食べてしまう。

「はい。母も……お嬢様のチェリーパイが大好きだと思います……ありがとうございます……お嬢様……」

ジェシカは涙を流しながら微笑みを作った。

一見、明るそうに見える人でも、幸せそうに見える人でも、なんらかの苦難を抱えているのかもしれない。

ジェシカは病気の母親を守るために、自分が親身になって世話をしているエヴァリーンをルドルフに売るという選択をし、その罪悪感と戦っている。

――私もジェシカを見習おう。ルドルフ殿下に振り回されては駄目。あの方と戦うことを考えなければ……。

ジェシカを下がらせ、エヴァリーンはルドルフについて思いを馳せた。

ルドルフはエヴァリーンのスケッチや私物を集めていた。理由はわからないが、エヴァリーンに執着しているようだ。

――もしかして、私になんらかの愛情があるのかしら？

あれが愛なの？　わからない……。

ヒューゴのまっすぐな愛情とはあまりにも違う。普通は相手を愛しいと思ったら、交際を申し込むなり、求婚するなりして、相手の心を自分に向ける努力をするだろう。

しかし、ルドルフは突然エヴァリーンを強姦したのだ。

そしてルドルフは定期的にエヴァリーンと会いながら、なんの行動も起こしてこなかった。ローリア男爵邸の薔薇園を一緒に散策するだけだった。

――私になんらかの執着があるのは間違いないわ。でも、結婚を考えるような愛情はなかったのよ。

とはいえ、自分が執着していた娘が、他の男と結婚することになり、惜しくなったのかもしれない。

――それで、気まぐれに私を抱いたのだわ。自分の気が済むまで抱いて、私に飽きたら、知らん振りをするつもりなのよ……。

なぜならルドルフは、ヒューゴと別れろとも、会うなとも言わなかった。ヒューゴと婚約関係を続けたまま、自分に抱かれろと言ってきたのだ。

——ひどい人だわ。

あの方の好きにはさせない。

大切な人たちとの日々を守るために、ルドルフ殿下と戦わなければならないわ……。

決意を新たにして、羽ペンを走らせる。

大切な婚約者に送る手紙を綴ったが、この時エヴァリーンの心の中にヒューゴはいなかった。どうやってルドルフに対抗するかで頭がいっぱいだった。とはいえ、エヴァリーンはそのことに気づいていなかったけれども——。

三日後の午後二時。

時間どおりにラマンチカの森の離宮を訪れたエヴァリーンは、淡いピンク色を基調とした応接室に通された。窓枠の黄金細工が華やかで、神々の楽園を描いた天井画も壮麗だった。

寝室ではなかったので、少なからずほっとする。心の準備ができるからだ。

エヴァリーンをそこに案内したのは、メリクシア国ではめずらしい黒髪の男性だった。二十代前半だろう。アランと名乗ったその人は、肩幅が広く、立派な体軀《たいく》を誇っていた。なんとなく軍人を思わせ、ヒューゴの知り合いなのかと思い、エヴァリーンは一瞬、どきっとした。

しかし、アランは軍の関係者ではなく、王太子の私的な秘書なのだという。

今日は早朝からしんしんとした雪が降り、離宮に着いたばかりのエヴァリーンは、ひんやりとした冷気をまとっていた。

アランにホットミルクと椅子を勧められる。その椅子は暖炉の傍にあり、オレンジ色の炎に絹張りの背もたれが照らされて、あたたかそうだった。

だが、二つ並んだ椅子の片方に、ルドルフが腰掛けている。

彼とくつろぐためにここに来たのではない。エヴァリーンは扉の前に立ったままで、静かに首を横に振った。

アランはホットミルクのカップをテーブルに置き、応接室から出て行った。

ルドルフはテーブルのホットミルクを一口飲んで、そのカップをエヴァリーンに差し向けた。

「薬は入っていない。身体が温まる。飲むといい」

「いりません」

エヴァリーンはたたみ掛けるようにして言った。肘掛け椅子に座るルドルフの前に立ち、胸元のリボンをしゅるりと解いた。

ドレスを足もとに落とすと、可憐な容貌のエヴァリーンからは想像できないほど、妖艶な曲線を描く大きな乳房が露わになった。

コルセットや下着は身に着けていなかった。ブーツも脱ぎ、防寒のために履いた絹の靴下だけの姿になる。

幼気《いたいけ》なほど細い脚の間に、うっすらとした茂みが息づく。暖炉の炎に照らされて、ひどく艶めかしかった。

「あなたの胸のリボンは私が解きたかったが……悪くない光景だ」

ルドルフはさほど驚いた表情も見せない。エヴァリーンに飲ませるはずだったホットミルクをテーブルに置き、椅子の肘掛けにゆったりと腕を預けた。持て余し気味の長い脚を組み替え、エヴァリーンの裸体を名画でも見るような目で鑑賞する。

「つ……っ」

舐めるような視線が全身を這い、エヴァリーンは身が竦む思いだった。以前のように、ルドルフの好き勝手にされるのは嫌なので、先手を取ったつもりだった。でも、失敗したかもしれない。

エヴァリーンは平然とした表情を装うが、突然ルドルフに片脚をかき抱かれて悲鳴が漏れた。

「……や……っ」

片脚にルドルフの腕が絡みつき、脚の間の茂みにからかうようなキスをされる。胸に熱がこもり、エヴァリーンは気が遠くなりそうだった。

「ずいぶん積極的だな。私に抱かれるのを待ちわびていたのか？」

なめらかな片脚に頬ずりをしながらルドルフが言う。

脚に擦りつけられるザラリとした大人の男の感触にぞくっとした。見た目ではわからなかったが、おそらく髭剃りの痕だろう。けれども、ルドルフのペースに巻き込まれてはいけない。

「今日は、孤児院の子どもたちに字を教える約束があります。ルドルフ殿下が用意した筋書きではなく、本当のことです。ですから、早く終わらせてください」

用意していた言葉を早口でまくし立てる。

「早く終わらせる——？　あなたは本当に男の性を知らないいな……」

ぎしっと妖しい軋みを立て、ルドルフが椅子から立ち上がった。

——なに……？　私……なにか間違えたの……？

怜悧なダーク・グリーンの眼差しに、火のような欲情が宿るのを感じた。

視界の中でルドルフの手が大きくなり、ふんわりとした金色の髪をかき上げられる。

「首筋が薔薇色に染まっている。強がる素振りをしていても、男に自ら肌を晒すという羞恥は隠せてないらしい。あなたのかわいらしい強がりを見せられたら、とても一度や二度では済まなくなる。今日は一晩中、あなたを離せないかもしれない」

首筋に押しつけられた唇が灼けるようだ。ルドルフの言葉が決して誇張ではないと、エヴァリーンに知らしめるようだった。

――一晩中……？　外泊なんて、無理だわ……。お父様やお母様を心配させてしまう……。

自分によかれと思ってした行動が裏目に出てしまう。エヴァリーンはどうしたらいいかわからなくなり、駄々《だだ》っ子のように首を振って後ずさった。

「い、いや……っ」

「あなたが誘ったんだ。最後まで、責任を持たなければ」

ルドルフを振り払おうとした手をつかまれる。

魅惑的な口元に引き寄せられ、指を一本ずつ舐められた。指の間まで丁寧に舌が這い、手のひらを大きく舐め上げられる。

「……っ」

くすぐったくてぞくっとしたが、エヴァリーンは声を噛み殺して堪えた。

――この方はどこまで舐めるつもりなの……？

ルドルフは前腕をつうっと舐め下ろし、腕の内側のやわらかいところを、ちゅっちゅっと啄《ついば》んだ。そのたびに瞬きしたエヴァリーンの睫毛が震える。

華奢な腕にキスを贈りながら、エヴァリーンの腰に手を回し、ほっそりとしたくびれを優しく撫で回した。

やがて、撫で方がいやらしくなり、エヴァリーンは声を上擦らせながら訊いた。

「あの……ここで、ですか……？」

「あなたにお願いされたからな。一刻も早く抱いて欲しいと」

早く終わらせたくて誘ったのは確かに自分だが、寝室に移動するのだと思っていた。

よく考えたらもう一度服を着て、部屋を移動するのもおかしいのだが、経験の少ないエヴァリーンは応接室で抱き合うなんて、とても信じられないことだったのだ。

裸でつっ立ったまま、自分はどうしたらいいのだろう。

エヴァリーンは急に恥ずかしくなった。

慌てて胸を覆い隠すと、その手をルドルフにつかまれ、たくましい彼の肩に回された。

「寝室以外の場所でも、男女は情熱的に愛し合える。あなたにそれを教えてやろう」

「でも……あの……外泊は無理です……」

「では、あなたも協力しろ。私が早く達くように」

戸惑うエヴァリーンの顎を上に向け、ルドルフは彼女の赤い唇に口づけした。

「唇が冷たい。無理やりにでも、ホットミルクを飲ませるべきだったか」

ルドルフは眉をひそめたが、エヴァリーンの冷たい唇を指でなぞり、甘やかな低音で囁いた。

「――いや、私の舌で熱く蕩けるといい」

再びキスをして、エヴァリーンの冷ややかな舌に、自分の舌をじっとりと絡ませていく。甘く吸って舌の裏をくすぐり、ルドルフの体温を分け与えるように舐め上げた。

「エヴァリーン……」

熱く濡れた舌が絡みついてくるから、エヴァリーンの舌は煮え立つような熱に冒されて甘く痺れた。

「……ふ……」

ルドルフの絡ませた舌から濡れた音が響き、どちらのものかわからない唾液があふれる。口角を伝う熱い唾液の感触に、エヴァリーンは背筋を戦慄《わなな》かせた。

ルドルフは口づけながらエヴァリーンの下肢に手を伸ばし、幼い花びらを割って指を入れた。

「唇とは違い、あなたの女の壺は熱いな……」

指の腹で、浅い場所の襞を焦らすように擦り上げる。感じやすい粘膜がくちゅりと蜜を吐いた。

「もっと奥を擦ろうか……。私の肩につかまっていろ」

長い指が敏感な襞の連なりをかき回す。卑猥な水音を上げて奥へ奥へと隘路を暴いた。

「ふっ」

短い息を吐いたエヴァリーンは、細かく震え始めた背中を弓なりに反らした。ルドルフの言うとおりに、彼の肩に爪を立てるようにしてしがみつく。

するとルドルフは内部を犯す指を二本に増やし、ひくつく蜜路を激しく行き来し始めた。

「ひどく濡れてきたな……。袖口にまであなたの蜜が滴ってきた」

ルドルフがその手を掲げて見せつけるので、見たくなくても、いやらしい自分の状況がわかってしまう。

ルドルフの指を濡らした愛蜜は、粗相《そそう》してこぼしたシロップのように手のひらを伝い、かっちりとした袖口に濃いシミを作っていた。

エヴァリーンは悲しげに目を眇める。

「失礼を……いたしました……ルドルフ殿下……」

王太子の服を汚してしまったことを謝るが、どうやら見当違いだったみたいだ。ルドルフは、なにも知らない幼子を見るように微笑ましげな顔をしている。

「余計な心配は無用だ。素直に感じていろ」

ルドルフは手のひらに滴る蜜を舐め上げ、せっかくそこを綺麗にしたのに、再びエヴァリーンの柔襞をぐちゅぐちゅとかき混ぜる。自分の袖口に広がる愛蜜のシミをさらに大きくしていった。

「……っ」

息を呑んだエヴァリーンの膝がにわかに震え、足の踏み込みがきかなくなった。ルドルフの肩に手を置いたまま、ぺたんと座り込んでしまいそうだ。

「降参か、エヴァリーン？　しかし、あなたが達するまで、許してはやれない」

ルドルフは芯のなくなった腰を支え、エヴァリーンを肘掛け椅子に座らせた。やわらかな金髪が、椅子の背もたれにふわりとかかる。

肘掛け椅子の前で片膝をついたルドルフは、エヴァリーンの内腿に口づけしながら脚を開かせた。幼い茂みにふっと熱い息を吹きかけて遊び、蜜がにじむ割れ目を親指でなぞり上げる。

――が、ふいに不愉快そうに銀髪をかき上げ、厳しい上目でエヴァリーンを見据えた。

「声を出さないつもりか？」

「……」

王太子の問いに無言を通すことが、エヴァリーンの答えにほかならなかった。

ルドルフの行為には、なるべく逆らわない。

右を向けと言われたら、右を向く。脚を開けと命じられたら、開く。敏感な場所を擦られたら、素直に蜜を流す。

キスも、舌も、愛撫も、抵抗せずに受け入れる。

——でも、決してルドルフ殿下に感じている声は出さない。そう決めていた。

「なるほど、それがあなたの矜恃か」

ルドルフはわずかに肩を上げて笑い、エヴァリーンの秘裂をすうっと撫で上げた。

たったそれだけで、ぐちゃりと卑猥な水音が響いた。

「ひどく感じているくせに、おかしな意地を張るものだ」

「私が濡れるのは、ただの防衛本能です。あなたという異物から身を守ろうと、体液を分泌しているだけ。目に砂が入った時に、涙が出るのと同じことです。決して、あなたの愛撫に溺れたからではありません」

——そう、私のそこが震え上がり、とめどない蜜を流すのは、自分の身体を守るためだわ。

あなたに心を許したからではない。

「ルドルフ殿下」

足が萎えて立てなくなったので、エヴァリーンは肘掛け椅子に座らされていた。大きく脚を開き、蜜の滴り落ちる秘所を恥ずかしげもなく晒している。

そんな情けなくもはしたない状況ではあったが、エヴァリーンはすっと背筋を伸ばし、応接室の天井に凜とした声を響かせた。

「私は決してあなたの愛撫に声を上げません。——感情のないお人形で遊ぶことがお好きなら、どうぞご自由になさってください」

剣は使わない。楯も用いない。

これ以上はないくらい無防備な裸の状態で立ち向かい、ただし、声は出さない。

それがエヴァリーンの戦い方だった。

理由は定かではないが、ルドルフは病的なほどエヴァリーンに執着している。いくら抵抗しても、相手を喜ばせるだけで、解放してはもらえないだろう。

それならば、抱いてもつまらない娘だとルドルフの興味を失わせて、エヴァリーンから立ち去るように仕向ければいい。

これは賭けだ。

ルドルフがエヴァリーンの肉体に飽きるのが先か。

社交界に二人の関係が露呈して、エヴァリーンが破滅するのが先か——。

エヴァリーンは前者に賭けたのだった。

——私は声を上げない。ルドルフ殿下の愛撫に溺れない。

そして、この賭けに勝って、両親にも、ヒューゴにも、他の誰にも、あの淫らな秘密を隠し通すのだ。

「――さあ、私を抱きますか、ルドルフ殿下」

エヴァリーンは手のひらを差し向け、しどけなく開いた脚の間で片膝をつくルドルフを見下ろした。不遜なところはなかったが、強い意思を秘めた眼差しだった。

最高位に近い王族を相手に、無礼な挑発をしたのだ。エヴァリーンは罰される覚悟をしていた。

ルドルフは厳しい眼差しを向けたが、やがて不敵に口角を上げ、エヴァリーンの手を奪うようにつかみ取った。

「つ……」

痛いくらい強引に手を引かれ、ダーク・グリーンの双眸が間近に迫ってくる。火のような熱情を宿した目で射貫かれて、エヴァリーンは言葉が出せなくなった。

「あなたは何度踏みにじられても、再び立ち上がって咲く毅然とした花のようだ。それでこそ、私の人生を決定づけた女性だ」

――ルドルフ殿下の人生を……どういうこと……?

エヴァリーンの胸が大きく騒いだ。それは危険な前兆《ぜんちょう》だと思い、ルドルフの手を振り払うと、椅子の肘掛けを握りしめた。

「実は余興を用意していた。あなたのお気に召すといいが――」

お気に召すもなにも、嫌な予感しかしなかった。ルドルフが冷ややかな笑みを浮かべている。

ぞっとして身を震わせるエヴァリーンの前で、ルドルフはチリンと呼び鈴を鳴らした。

しばらくして、覆面《ふくめん》を被った男性が応接室に入ってきた。エヴァリーンは咄嗟に自分の乳房を覆い隠す。

その覆面は布袋を逆さにしたような形状で、目の部分だけぽっかりと穴があいていた。

背が高く、がっしりとした体型の人だ。瞳の色はよくある茶色だった。彼は確かな足取りで応接室を横切り、エヴァリーンが座っている椅子の真正面に端座した。

「脚を開け、エヴァリーン」

戸惑って頬を引きつらせるエヴァリーンに、ルドルフの冷たい声が落とされた。

人形のように感情を殺して、ルドルフの行為に従おうと決めていた。

エヴァリーンは嫌がらずに脚を開いたが、第三者の男の存在が耐えられなかった。力が入って丸まってしまった脚のつま先をプルプルと震わせる。

覆面の男がエヴァリーンに顔を向けている。

目は開いているのか、いないのか、今は覆面の陰になってよくわからない。

もし、目が開いていたとしても、エヴァリーンの脚の間にはルドルフがいる。大事な場所は見えていないと思う。でも、はしたない格好を他人に晒しているのが恥ずかしかった。

「あの人は……？」

「あなたがよく知っている男だ。あなたの痴態を見せてやるといい」

「え……」

――私がよく知っている人……？　誰……っ!?

ドン！　と心臓が高鳴った。

ものすごい緊張で息が苦しくなる。エヴァリーンは肩を上下させ、ぜいぜいと荒い呼吸を繰り返した。

とても人形になると誓った者の状態ではなかった。

ただでさえ動揺していたのに、ルドルフが艶めかしく内腿を撫で、しっとりと濡れた秘裂に指を添えた。

「いや……っ」

「あなたの花は慎ましく閉じているな。先日、私が幾度も散らしてやったのに、あなたのここは生娘のようにひそやかだ」

うっすらした茂みがそよぐ秘所に触れ、淡い色の花びらを指で押し広げたルドルフは、繊細なフリルのような蜜口に口づけした。

「う……っ」

噛み殺していたはずの声が漏れてしまう。

ルドルフは顔を斜めに倒し、蜜口に舌を差し入れてきた。熟れた果実のように濡れて光る襞を舐め、感じやすい粘膜をちろちろと刺激し、滴ってきた愛液をじゅうっと吸い上げる。

「や……だめ……っ」

――冷静になりなさい、エヴァリーン！

心の中で己を戒めるのだが、視線の先に覆面の男性がいる。

――あの人は誰なの？

ローリア男爵邸の使用人かしら？

それとも、社交会で会ったことがある貴族男性？　親戚の誰か？　女友達のご主人……!?

「あぁ、やあぁ……っ」

ルドルフに依頼されてこの場にいるならば、王太子の醜聞をわざわざ社交界に振りまくような真似はしないだろう。けれども、自分の両親にこっそりと耳打ちくらいはするかもしれない。

――お淑やかだと有名なお嬢様が、ルドルフ殿下に下半身を舐められて、いやらしく身悶えていましたよ……と。

「いやあっ！」

脚の間からルドルフを引きはがそうとしたが、かえって強くむしゃぶりつかれ、柔襞の奥へ奥へと舌がねじ込まれた。

やわらかい粘膜をざらついた舌が這い回り、総毛立つような感覚に襲われる。エヴァリーンは長い金髪を舞い上がらせて頭を振った。

「いやっ、あぁぁ……っ」

物欲しげに痙攣する卑猥な場所を舐められ、とろりとあふれた蜜がむせ返るような匂いを発する。

自分自身の女の香りに酔わされる。脳裏がぼんやりと白み始めたエヴァリーンは、物事をしっかりと判断できなくなってきた。

「ふ、つぅ……っ」

ルドルフの愛撫に溺れてはいけない。あられもない声を上げないように、人形のように自分の心を殺すのだ。

あぁ、でも……。

「あぁあっ」

蜜口を舐めていた舌が無垢な花芽を捕らえてしまう。包皮ごとぬちりと舐め上げて、小さな粒がはじけるような刺激をもたらした。

――やめて、ルドルフ殿下！　私の心と身体を乱さないで……！

「いやあっ！」

喉を振り絞って叫んだ拍子に、愛らしい口角から唾液が滴った。頭の中がざわざわして、唾液をうまく飲み込めない。

「ひあっ、やめて……っ」

その淡いピンクの粒はとても小さいのに、疼き上がるような感覚がぎゅうっと詰まっていた。

そこを舐められるだけで、壊れたようにガクガクと太腿が揺れてしまう。

「いやぁっ、あ……あぁ、やあぁっ」

「声が出るようになったな」

意地悪げに言う男の指がそこをつまみ、包皮にくるまったそれを強制的に尖らせた。熱い唾液を垂らし、ひくつく花粒の先端を濡れた舌でつつく。

「だめ……やっ……あ……あぁあ……っ」

「――いいのか、そんなに淫らな声を出して？　あの男があなたの婚約者だったら、どうするつもりだ？」

「つ……っ！」

――覆面の男性はヒューゴだったの……？

改めて見ると、がっしりとした体型は確かにヒューゴと似ている。瞳の色もヒューゴと同じような茶色に思える。

「やめて！　いやあっ、ルドルフ殿下っ！」

エヴァリーンは大粒の涙を流しながら、冴えた光を放つ銀髪を思いきり引っ張った。しかし、ルドルフは解放してくれない。跳ね上がる腿を押さえつけ、ぷっくりと腫《は》れた花粒に舌をひらめかせた。

「あぁ……っ、舐めないで……っ、ルドルフ殿下……っ。私……そこが……もう、もう……っ！」

媚薬を飲まされた時よりも、エヴァリーンの身体が敏感になっている。

感情のない人形になろうと声を殺し、愛撫されても我慢していた時の快感は、実は身体の奥深いところに溜まっていた。

覆面の男性の登場に心がぐらつき、その快感が一気に噴き出してきたのだった。すさまじい愉悦の奔流がエヴァリーンを襲い、折れそうなくらい細い腰が跳ね返った。

「ああっ、いやあっ」

ルドルフがひくつく花粒から唇を離した。背後をちらりと振り返り、覆面の男性に合図を出したようだ。

ルドルフの背後に端座する男性が静かに一礼をし、袋を逆さにしたような覆面を脱ぎ去った。

「……つうっ！」

緊張でエヴァリーンの息が詰まる。心臓も一瞬止まってしまったが、その男性はヒューゴではなかった。

黒髪の若い男だ。エヴァリーンの痴態を見ないように、きつく目をつぶっている。

確か、あの人は——先ほど自分を応接室に案内し、ホットミルクを勧めてくれた男性だ。

「アラン……？」

「そう、私の秘書のアランだ。よかったな、エヴァリーン。これであなたの嬌態が社交界に露見することはない。思うままに達するといい」

男の色気がにじみ出るような低い声で囁くと、ルドルフは花粒の包皮を優しく剝き上げた。露わにされ不安げに震える粒を、ざらついた舌でクチリと押し潰す。

「あぁあぁあああああっ」

エヴァリーンの金髪が逆巻くように舞い上がった。

上体を弓なりに反らしたエヴァリーンは、身体を波打たせて達してしまう。きゅうきゅうと収縮する蜜口から、信じられないくらい大量の愛蜜が流れ出た。

「あ、あ……ふぁ……っ……」

ようやくルドルフが脚の間から顔を上げた。

美しいカーブを描く頰も、端整な唇も、冴えた銀髪さえも、エヴァリーンの蜜でぐっしょりと濡れている。

「潮まで噴いて、派手に達したものだ。それほど気持ちよかったのか？」

「あ……わた、し……」

エヴァリーンがぐったりと弛緩していたからだろうか。ルドルフは羽のように優しく彼女を抱き寄せた。やわらかく頬を撫で、赤い唇にふわりと口づけする。

強引に奪ってくれたら、仕方がないと諦められるのに、ルドルフの口づけは優しく、まるで愛しい人に贈るもののようで、エヴァリーンは混乱を覚えた。

「ン……いや……」

エヴァリーンはゆるゆるとした動作でルドルフを押し退け、身体を捩って椅子の背もたれにしがみついた。

「それで私から逃げたつもりか？　桃のような双丘を突き出し、誘っているようにしか見えないが――」

「誘ってなど――」

いない、と答えたかったけれど、小さなお尻をまるく撫でられ、ひくんと身が竦んだ。

ルドルフがトラウザーズの前をくつろげると、その瞬間、ビィンと跳ね上がった牡が双丘の割れ目を擦った。

「ン……っ」

えもいわれぬ心地よさが背筋を走り、エヴァリーンは小さなお尻を揺らめかせた。

その情景がひどく扇情的だったようだ。ルドルフは狂おしいような手つきで双丘を撫で、猛った太いものを愛液が滴る秘裂に添わせた。

「いやあ……」

「ふっ、いやか。しかし、あなたのここは、私を待ちわびていたようだ……」

膨れ上がった切っ先が蜜口をなぞると、ひくつく花びらがまとわりついて牡を食むような仕草をする。

ルドルフは目を眇め、エヴァリーンの腰をつかむと、最奥まで一気に己を突き入れた。

「ひあぁあっ」

猛った熱塊を一気に受け入れた身体が大きくはずみ上がり、椅子の背もたれに押しつけた乳房がつぶれそうになる。

「あうっ」

猛ったもので襞の連なりを摩擦されて、火傷《やけど》するように激しい疼きが突き上がる。エヴァリーンの唇から漏れたのは悲鳴に近かったけれど、ルドルフはそれを甘い嬌声にしようと執拗に腰を振り立てた。

「ひあ、ん……あ、あっ、あぁあ……っ」

凶悪な熱い塊が子宮口を激しく抉った。針が通る隙間もないほどみっちりと詰まった内部を犯され、張り出したものに引きずられる柔襞が、悦びの涙のような蜜を流して痙攣した。

「ああっ、そこ……あぁ、ああっ、んぁ……っ」

「ふっ、エヴァリーン……っ」

牡に絡みつくエヴァリーンの襞が気持ちいいようで、ルドルフが荒々しい息を吐いた。

透き通るように白いエヴァリーンの背中に、昂ぶった男の火のような囁きが触れる。

「あなたの中は熱く蕩けているが、やわやわと私のものを締めつけて離さない。あなたの身体はすごいな……」

「そんなこと……私……知らな……ああっ」

内側で暴れ狂う熱塊の突き上げがいっそう激しくなる。

襞という襞がジンジンと痺れ上がり、痛いのか、気持ちいいのか、よくわからない。けれども、ジャムのようにとろっとした愛蜜が流れ、結合音をぐちゅぐちゅといやらしくする。やはり自分は感じているのだと思う。

これは気持ちいい行為なのだと自覚すると、蜂蜜《はちみつ》を溶かしたように甘い声が漏れた。

「ひぁ……あ、あ……ぁあぁ……んっ」

「いい声だ。あなたの甘い声をもっと聞かせてくれ」

「あぁ……ルドルフ殿下……あぁ……んっ、ひあ……っ」

エヴァリーンは声を出さない人形になって、ルドルフに解放してもらうはずだった。

それなのに……。

「あ……やぁ……ン、ン、あぁっ」

獣のように後ろから貫かれて、あられもない嬌声を上げている。

――どうして、こんなことに……？

自問しても、答えは出ない。

情熱的に愛される快感が、エヴァリーンの脳裏をどろりと溶かした。

「あぁ、ぁ……ん……ん……ふぁあ……っ」

粘着質な水音が響く中を、片方の腕を後ろに引っ張られる。陶磁器のように白い背中がしなり、たっぷりとした乳房が上向きにはずんだ。

ツキンとした痛みを覚えたのは一瞬のこと。大きな手で乳房を揉み込まれると、それは蕩けるような心地よさに変わった。

「あなたの胸を感じながら放ちたい。いいか？　エヴァリーン……」

「あぁあ……っ」

返事になっていなかったが、エヴァリーンの声はどこまでも甘い。

甘やかな嬌声に突き動かされたルドルフは、めちゃくちゃに乳房を揉みしだき、薄紅色の突起を激しく擦った。

「ひぁっ……あぁ、や……あぁ、んっ、ふぁあ……っ」

「はぁっ、エヴァリーン……!」

エヴァリーンの背中に切りつけるような口づけを落とし、ルドルフは熱情の飛沫を迸らせた。

「ひぁあ……っ、ルドルフ……殿下……奥……熱い……っ」

ドクドクと注ぎ込まれる白濁が小さな入れものを満たす。襞の隅々にまで染みこんで、火傷しそうだった。けれども、エヴァリーンは健気に蜜口を締め、終わりなく放たれるものを受け入れる。

「つっ、エヴァリーン……先日のように『嫌』とは言わないのか……?」

——私は……嫌なの……?　本当に……嫌がっているの……?

どうなのだろう。

なにも考えられない。

ただ、最奥に放たれた白濁が熱くて、エヴァリーンの身体も燃えるように熱くなって、腰の奥のやわらかい部分がゾクゾクと疼き上がっている。

つながっている部分から痛いくらいの愉悦がせり上がり、身体が波打つような痙攣が止まらなかった。

「あぁ、私……ああっ、どうしよう……あぁあっ、ルドルフ殿下……っ」

「私の腕の中で、あなたが不安になることはない。極上の愉悦を刻み、達《い》かせてやろう」

「ひあぁっ」

力強く脈動する牡がまた膨れ上がって、白濁で濡れそぼった蜜路を激しく突き犯す。さらに精を放ちながらも硬く漲り、全身が溶け崩れるような世界へエヴァリーンを押し流した。

「あぁ、あぁあ――っ！」

こんなに大きな声が出せたのかと、自分でも驚くほど高い嬌声を上げてしまう。その後は、頭の中に霞《もや》がかかって、身体中の力が抜けていった。

完全に意識が飛んでしまう直前、ルドルフにふわっと抱き寄せられた。

彼の手があまりにもあたたかくて、エヴァリーンはルドルフの腕に思わず頬をすり寄せてしまった。

その時、ルドルフの手がびくっと震えた気がした。

「ようやく私の手に、あなたが堕ちてきたのだろうか……？」

閉じた瞼にルドルフのキスが降ってきたが、ぼうっと意識がかすんで、なにもわからなくなった。

離宮の執務室。

決裁が必要な書類にサインをしていたルドルフは、ふと窓に視線を向けた。

先ほどまでさらさらと降っていた粉雪が止んでいる。

やわらかな日が差し、木々にうっすらと積もった雪を溶かしていた。

吹雪になって馬車を出せなくなったら、エヴァリーンを離宮に泊まらせるつもりだった。

外泊になった場合の釈明は、エヴァリーンの侍女・ジェシカに言い含めてある。

──一晩中、あの人を抱いてやろうと思ったが、ローリア男爵邸に帰してやらねばならないか……。

軽いため息をついた時、秘書のアランが紅茶を運んできた。

「あの人が目覚めたら、同じものを運んでくれ。──いや、リキュール入りのチョコレートも付けろ。あの人はひどく酒に弱いのに、どうしてかリキュール入りの菓子を好むのだ」

ジェシカに聞いた話だ。人前でふらつくとみっともないので、夜、自室の寝台の上でこっそりと、酒入りのチョコレートを味わっているのだという。

──愛らしい女性だ……。

ルドルフの唇にやわらかい笑みがにじんだ。

「いえ、それがエヴァリーン様は──」

「もう起きているのか？」

あの後、失神したエヴァリーンを抱き上げて、寝室の寝台に横たえた。あれから三十分も経っていないのだが――。

「はい。そして、離宮を出られました」

「――なに？」

エヴァリーンは目覚めると、てきぱきと身支度を調えて離宮を後にしたという。

そういえば、子どもに字を教える約束があると言っていた。情交の名残を綺麗に脱ぎ捨て、孤児院へ向かったのだろう。

足腰が立たぬほど激しく抱いたつもりだが、エヴァリーンは意思の強さでそれを乗り越えてしまう。

初めて彼女を陵辱した時もそうだった。最初こそショックを受けていたようだが、帰りの馬車の窓越しに見えたエヴァリーンの姿は、背筋がぴんと伸びて美しかった。両手で顔を覆って泣き崩れるジェシカとは大違いだった。

情熱的にエヴァリーンと抱き合い、自分のものにしたと思っても、彼女は風のようにルドルフの手をすり抜けていく。

――しかし、何度でも、あなたという花を手折ってやろう。

早く私の手の中に堕ちてこい。

絶望を見せてやる。

そして、必ず私を――。

「……してくれ」

呪うような呟きは、暖炉の薪がはぜる音にかき消された。

第四章　罪に濡れる

ラマンチカの森の離宮でルドルフと関係を持ってから、一ヶ月ほどが経過した。エヴァリーンは週に一、二回そこに呼び出され、ルドルフに抱かれている。

——私たちの淫らな関係が明るみに出たらどうしよう……。

最悪の事態を考えると、目の前が真っ暗になるようだった。

しかし、エヴァリーンは淑やかな男爵令嬢として、そして、ルドルフは高潔な王太子として認知されている。

お互いの清廉《せいれん》な名声が、爛《ただ》れた真実を隠すだろう。

妊娠するかもしれないという恐怖は、今となっては不思議にもエヴァリーンを苦しめなかった。

自分をしっかりと保てば大丈夫。そんな根拠のない自信が、エヴァリーンを麻痺させていた。

ルドルフはいつも情熱的にエヴァリーンを抱いた。だが、ヒューゴと別れてくれとか、自分と交際してくれとか、エヴァリーンの未来を束縛するような命令はいっさいしなかった。

だから、近い将来、ルドルフは必ず自分に飽きるだろう。

エヴァリーンはその時を待つしかない。

なぜか最初の呼び出し以降は、ルドルフの指定する日時と孤児院の訪問予定が重なることはなかった。

ルドルフが配慮したのだろうか。

――いいえ、きっと偶然だわ。私を好き勝手に抱くあの方が、私の予定を気遣ってくださるはずがないもの……。

今日もルドルフの呼び出しを受けていた。

ローリア男爵邸のアプローチで、馬車に乗り込もうとしたエヴァリーンは、石畳の通路に赤髪の男性を見つけた。はっと息を呑み、胸の前でぎゅっと手を握り込む。

「ヒューゴ……」

「やあ、エヴァリーン。これから出かけるところか？」

「えっ、あの……」

ルドルフとの関係が露見しないように、エヴァリーンはさまざまな嘘を重ねていた。今日も両親に「孤児院の子どもたちに会いに行く」と言って家を出たが、心の準備もなく、するするとヒューゴに嘘はつけない。

口ごもったエヴァリーンを見かねて、侍女のジェシカが助け船を出した。

「ヒューゴ様。本日、お嬢様は、孤児院の演劇発表会にお出かけになります。大恩あるお嬢様に楽しんでもらおうと、子どもたちは毎日遅くまで練習をしたそうです。たいへん申し訳ありませんが、今日のところは――」

「いいよ、わかった。婚約中とはいえ、事前の約束もなく来た俺が悪かった」

ヒューゴはいつもの大らかな笑顔で許してくれた。

「俺のことは気にせず行っておいで。――おっと、その前に、君に渡したいものがあったんだ」

ヒューゴはおどけた調子で肩を竦めると、上着のポケットから小さなものを取り出し、エヴァリーンの手を包み込むようにして手渡した。

それは、手のひらにころっと転がるほどの硝子瓶《がらすびん》だった。コルクで栓《せん》がされて、小指の先くらいの宝貝がいくつも入っている。宝貝は青い色ばかりだ。くるんと丸まって、愛らしい形状だった。

「かわいい……どうしたの、これ?」

「先日、海軍の演習で西海岸を訪れた際、現地の土産物屋で見つけたんだ。妙齢の女性にふさわしい贈り物ではないかもしれないが、君は高価な宝石やらドレスやらは遠慮するからなあ」

ヒューゴは苦笑まじりに言いながら、エヴァリーンの髪をふわっとかき上げた。小さく瞬きをした彼女の目元に、男らしく骨張った指先を触れさせる。

「君の瞳と、一番近い色の宝貝を選んだつもりだ」

「ありがとう……」

その光景が目に浮かぶようだった。

土産物屋にさまざまな色の宝貝が売られていて、ヒューゴはエヴァリーンの瞳を思い出しながら、あれでもない、これでもないと、さんざん迷いながらも、この宝貝を選んでくれたのだろう。

胸が痛かった。

ヒューゴの愛情が詰まった宝貝を手にしながら、自分はルドルフの待つ離宮へ向かおうとしている。

――私はひどい女だわ……。

それでも、エヴァリーンの瞳の色と似ているという宝貝は、宝石のように美しく輝いていた。

「綺麗……大切にするわね……」

宝貝の小瓶を握りしめ、エヴァリーンは儚《はかな》く微笑んだ。すると、ヒューゴが目を細め、心配そうにエヴァリーンの頬を撫でた。

「どうした、エヴァリーン。そんな悲しそうな顔をして。最近、どことなく君の様子がおかしい。会話をしていても、どこか上の空というか……」

「……っ」

エヴァリーンの額に冷や汗がにじむ。

淑やかでおとなしい男爵令嬢。

王太子の一時の情人。

日常の生活と、離宮の情事を切り離し、自分の役割を上手に演じていたつもりだった。けれども、自分のどこかに気の緩みがあったのだ。それをヒューゴに気づかれてしまった。

「なにか悩み事があるんじゃないのか？　俺は君の婚約者だ。なんでも俺に相談して欲しい」

「私……」

――あなた以外の男性に抱かれて、いつも頭が真っ白になるほど気持ちよくなっているの……。

そんなこと、言えるわけがないではないか。

エヴァリーンはヒューゴの真剣な眼差しから逃げるように目を伏せた。

訝しげに腕を組んだヒューゴが、エヴァリーンの顔を覗き込んでくる。

このままヒューゴの疑惑を放置したら、彼はエヴァリーンの両親に相談するだろう。

——お父様とお母様まで私に疑いを持ってしまうわ。どうにかして、ヒューゴの意識を他に向けなければ……。

「なんでもないの……。心配かけてごめんなさい……」

彼の手をやわらかく握り、エヴァリーンはヒューゴの顔を見上げた。

それはキスに最適な角度だとわかっていた。いつもそうやって、ルドルフに顎を上向きにされていたから——。

「ヒューゴ……」

濡れた目でじっと見つめると、ヒューゴがゴクリと喉を鳴らした。

「——っ、エヴァリーン」

ヒューゴと唇にキスをしたことはない。

彼は勇猛な軍人だけれど、願掛けをして髪を伸ばすなど、意外とロマンチックなところがある。初めてのキスは結婚式の日、神様の前で交わす誓いのキスにしようと言っていた。

だが、エヴァリーンは濡れた目で見つめ続けて、ヒューゴの決意と理性を溶かそうとする。

以前のエヴァリーンなら、こんなことはできなかった。ルドルフに何度も抱かれることで、月の光のようにしっとりした色気がにじみ出ていたのだ。

「あぁ、エヴァリーン……っ」

ヒューゴはひとたまりもない。

エヴァリーンの髪を愛おしげに撫で、ひどく差し迫った声で「いいのか?」と訊いてくる。

エヴァリーンは静かに頷いた。

しかし、ヒューゴはぱっとエヴァリーンから離れ、きつく拳を握り込んだ。そうやって、自分の中に芽生えた劣情を抑え込んだらしい。

やがて、エヴァリーンの頬に触れた手は優しく、口づけも、羽のような感触がした。

唇に触れるだけのキスだった。

ヒューゴはエヴァリーンに夢を見ている。

穢《けが》れを知らない純真な乙女だと思い込んでいるのだ。できるだけエヴァリーンを怖がらせまいとする、ヒューゴの気遣いが切なかった。

——私はあなたの優しさに見合う女ではないのに……。

ルドルフに何度も情熱的なキスをされた。彼の熱い舌が絡みつき、唾液を擦りつけられた。口内にルドルフの唾液があふれて溺れそうで、それを飲んでしまったこともある。

——私の唇はもう穢れているの。そんなに優しいキスをしないで……。

やるせなさが胸を突き、ぽろぽろと涙がこぼれてきた。

ヒューゴが驚いた様子で唇を離した。

「嫌だったか？」

「いいえ、あなたとキスができて……嬉しくて……」

エヴァリーンは嘘をつく。

ヒューゴに疑われたくないから、いやらしい秘密を知られたくないから、両親に淫らな娘だと思われたくないから——いくらだって嘘をつける。

今のエヴァリーンにとって、このキスは愛の行為ではない。

キスをさせてあげる代わりに、私の異変に目をつぶってちょうだいと、ヒューゴに迫ったようなものだ。

お金と引き替えに、春をひさぐ娼婦と同じだろう。

それなのにヒューゴは、清らかな乙女を見るような目で、エヴァリーンを見つめるのだった。

「キスに感激して涙を流す君がかわいくてたまらない……。なんて純粋なんだ……。惚れ直したよ！」

——かわいそうなヒューゴ。

私はあなたと婚約することで、素晴らしい幸福を感じることができた。

けれども、あなたは、私と出会わなかったらよかったのに……。


「お手をどうぞ、エヴァリーン」

ラマンチカの森の離宮——馬車の降車場でその扉を開けたのは、御者《ぎょしゃ》ではなく、ルドルフだった。王太子自ら収納式の階段を組み立て、エヴァリーンに白手袋の手のひらを差し出した。

エヴァリーンが馬車の中でずっと泣いていたと、離宮に駆け込んだジェシカから聞かされたのだろう。

「もう、いやぁ……っ」

エヴァリーンはルドルフの手を振り払った。一人で馬車の階段を駆け下り、ルドルフの胸を何度も拳で叩く。

エヴァリーンの涙がきらきらと飛び散った。

「もういやです。これ以上、あなたに抱かれたくはありません！」

淫らな秘密を誰にも知られたくない。

だから、それを隠すために、嘘をつく。そして、その嘘を隠すために、また嘘をつくのだ。

嘘に嘘を重ねることが辛かった。

嘘をごまかすために、愛の行為とは思えないキスまでしてしまった。

いやだ、いやだ。

もう嘘はつきたくない。

「お願いです、ルドルフ殿下。私を解放してください！」

小さな拳に願いを込めて、エヴァリーンはひときわ強く、ルドルフの胸を打ちつけた。

しかし、ルドルフは少しも揺るがない。

大国の王位を引き継ぐ者に備わる、昂然《こうぜん》とした立ち姿を保っている。

泣きわめく女を前にしながら、眉一つ動かさないルドルフが不可解だった。涙を流しながら見つめていると、ルドルフがふとダーク・グリーンの眼差しを厳しくした。

きつく握りすぎて、手のひらに爪を食い込ませるエヴァリーンの拳が、ルドルフの手に取られた。

「指をほどけ。あなたの手に傷が付く。あなたは私のものだ。私のものを傷付けることは許さない」

「つ……」

――私はルドルフ殿下の所有物……。しかも、いつでも気まぐれに捨てられる玩具なのだわ……。

初めから自分に拒否権はなかったのだ。

策もなにもなく、ただ泣き叫ぶことで、どうしてルドルフを説得できると思ったのだろう。

言葉や涙は魔法ではない。この世界には、どんなに泣いて頼んでも、叶えられない願いもあるのだ。

ふっと身体の力が抜けた。

手の中から、小さな硝子瓶がこぼれ落ちる。降車場の石畳に転がり、ルドルフに拾われてしまった。

ルドルフが小瓶を一振りすると、青い宝貝がしゃらしゃらと音を立てた。

「そういえば、軍事演習に赴いたヒューゴ・ギルベール中尉が、婚約者にかわいらしい土産を買っていたと話題になっていた。この貝殻《かいがら》のことだったのだな」

「返してください」

強い声で訴えても、ルドルフは薄く笑うばかりだ。からかうように小瓶を放り上げて、再びつかみ取ると、上着の胸元にしまった。

「あなたが幼子のように駄々をこねたのは、愛しいヒューゴのためだったのだな」

「そうです。私には結婚を約束した男性がいます」

ヒューゴは優しく、太陽のように明るい人だ。エヴァリーンを心から愛し、大事にしてくれている。

ラマンチカの森の離宮でエヴァリーンが王太子と淫らな逢瀬《おうせ》を重ねていると知ったら、あの大らかな笑顔が凍りつくだろう。

ヒューゴはどんなに辛い思いをすることか。

冷たい水のような罪悪感が胸の奥に染みていく。

すべてこの王太子のせいだ。

エヴァリーンは赤ん坊の頃から、ルドルフに目を付けられていた。いつかルドルフに処女を散らされる運命だったのかもしれない。

でも、せめて――。

「どうしてもっと早く、私を奪わなかったのですか!?」

ヒューゴと婚約する前に。

ヒューゴと交際する前に。

ヒューゴに告白される前に。

他の男の影がないうちに、なぜエヴァリーンを抱かなかったのか。

ルドルフにはいくらでも、エヴァリーンと関係を結ぶ機会があった。定期的にローリア男爵邸を訪問し、エヴァリーンと薔薇園を散策していたのだから。

付き添いの侍女・ジェシカを追い払い、棘のない木香薔薇《モッコウバラ》の茂みにでも、エヴァリーンを押し倒せばよかったのだ。

そうしたら、ヒューゴを裏切ることはなかった。こんなふうに胸が潰れるほどの思いをしなくても済んだのだ。

「十二年前、私はあなたに求婚しようと考えていた」

「え……」

思いがけない言葉だった。十二年前と言えば、エヴァリーンがまだ四歳の頃だ。幼女のエヴァリーンと薔薇園を散策しながら、ルドルフはそんな願望を胸に抱えていたのか。

七つ年上のルドルフは、当時十一歳。

——同年代の女の子や、年上の女性と、いくらでも素敵な恋ができる男の子が、たった四歳の私と結婚を望んでいたなんて……。

信じられなくて愕然としていたら、ルドルフが怖いくらい切なげな目でエヴァリーンを見つめた。

「幼い頃のあなたは、私に懐いていた。あの頃のあなたに結婚を申し込んでいたら、そのような顔はしなかっただろうな」

彼の恐ろしい行動の裏には、なにか深い事情があったのだろうか。そんなことを思ってしまうほど、切なそうな眼差しだった。怜悧なダーク・グリーンの瞳に吸い込まれそうになる。

ルドルフの眼差しに魅入られてはいけない。

エヴァリーンははっとして口を開いた。

「で、ですが……あなたはメリクシア国の次期君主ではないですか。私はローリア男爵家の……あの……」

「多少の身分差は問題ない。我が国の君主は代々情熱的な者が多かった。現国王は政略結婚で隣国の姫君を娶《めと》ったが、二代前の王は貿易商の娘を、五代前の王は遠征に伴った看護師を妻にした。旅の踊り子を妃にした王もいる。仮にもあなたが貴族の身であれば、廷臣らの異論はなかったはずだ」

エヴァリーンの側にしても、そうだ。ルドルフとの結婚は、大きな問題にはならなかったと思う。

王太子妃になるなんて、あまりにも分不相応で身が竦むが、王室を通して望まれたら断れなかった。

一人娘のエヴァリーンを溺愛する両親は、婿取り婚を望んでいた。しかし、愛娘が未来の王妃になる栄誉を前にしたら、喜んでエヴァリーンを嫁がせただろう。

身内に厳しく、権力者に弱い伯母のヘレンは、王家に嫁ぐエヴァリーンを自慢に思ったに違いない。

「――エヴァリーン。あなたは慈悲深く、淑やかで、謙虚な女性だ。社交界の頂点に君臨し、大勢の取り巻きを侍らせる華麗な妃ではなく、臣民の敬愛を受ける優しい妃になっただろう」

エヴァリーンは幼い頃から自分は清廉でいよう、誠実でいようと思って生きてきた。

万が一、ルドルフに嫁ぐ未来があったとしたら、臣民に信頼され、愛される妃になろうと、懸命に努力したはずだ。

「そして、あなたは夫になった私を立て、多少の不満があろうと口には出さず、献身的に夫に尽くす妻になるのだろうな。――ヒューゴを夫にするのと同じように」

淡々と語るルドルフの唇は、奇妙な形に引きつっていた。冷たい怒りを漲らせているようにも見える。

――献身的に夫を立てる妻のなにがいけないの？　それが、男性が求める理想の妻の姿でしょう……？

「だが、今はもう、あなたを妻にする気は微塵《みじん》もない」

結婚を考えたのは、エヴァリーンが四歳の頃だと言った。その頃に、ルドルフの考えを変えるなにかがあったのだろう。

それは、エヴァリーンがルドルフを恐ろしく思うようになった時期と、重なるのかもしれなかった。

――四歳の頃の私は、ルドルフ殿下になにをしたのかしら……？

「ああ、うっかりしていた。あなたの質問にすべて答えていなかったな。なぜ、あなたの婚約が整うのを待って、私があなたを抱いたのか――」

歌うような口調で言いながら、エヴァリーンの頬に触れるルドルフは、血の通わない氷の彫像みたいに美しかった。

「幸福の絶頂時に処女を散らし、あなたを絶望の海に沈ませるためだ」

「え……」

すっと頭の芯が冷たくなった。貧血の前兆だろう。けれども、気を失うこともできないくらい、エヴァリーンは大きな衝撃を受けていた。

ルドルフは定期的にローリア男爵邸を訪れ、エヴァリーンと薔薇園を散策していた。結婚を考えたこともあるという。そして、ラマンチカの森の離宮の一室に、エヴァリーンの絵や私物を集めている。

だから、ほんの少しくらいは、自分に好意があるのだろうと思っていた。

でも、それは自惚れに過ぎなかった。

ルドルフには、ひとかけらの愛情もない。傷つけるために、苦しめるために、絶望させせるために、自分を抱いたのだ。

——私はルドルフ殿下に憎まれているのだわ……。

呆然と目を見開くエヴァリーンを、ルドルフはうっとりとした表情で見つめた。

「私はあなたのそんな顔が見たかった。他の男には決して見せない、私だけが知るあなたの表情だ。絶望に沈むあなたの顔は、ぞくぞくするほど美しいな……」

ルドルフは愛おしげに金色の髪を撫で、震えるエヴァリーンを胸に抱き寄せた。

それほど強い抱擁ではなかったが、手足に力が入らない。ルドルフを突き飛ばすこともできず、エヴァリーンは身体中を這い回る蛇のような愛撫をただ受け入れた。

「ぁ……」

ドレスの胸元に侵入した不埒な手が、やわやわと乳房を揉みながら、器用にコルセットの紐を解いた。

しかし、コルセットは下ろさず、コルセットの中から片方の胸を引きずり出した。やわらかな乳房は、白手袋の指の間からあふれるような質量があった。

「ふっ、相変わらず大きい。私を楽しませるために、ここまで大きく実ったのだな？」

「違います……」

骨張った男の指がたっぷりとした乳房に沈み、ゆっくりとこね回していく様子が卑猥だった。エヴァリーンは耳を赤く染めて目を逸らす。

するとルドルフはエヴァリーンの頬を押さえ、乳房の方に向かせた。薄紅色の先端を摘み上げ、すりすりと擦り立てながら、そこが茱萸《グミ》のようにしこっていく工程を見せつけるのだった。

「ひ、いや……」

「あなたはいつもそうだ。最初は嫌がる振りをしても、感じやすいあなたは快感に弱い。いくら甘い喘ぎを噛み殺そうと、達した後は娼婦のように乱れ、私のものを食い締めるではないか。――そうだな、あなたの弱いところを舐めて、楽にしてやろう」

「う……っ」

愛らしい乳首にルドルフの唾液が垂らされる。

ルドルフは乳輪だけを執拗に擦り、そこをぷっくりと膨らませた。周りから攻めてやった方が、エヴァリーンの快感が募って乱れるからだ。

「あぁ……」

ルドルフはさらに唾液を垂らし、ねっとりとした糸を引かせながら、濡れた唇を薄紅色の先端に近づける。

「ンっ」

舌が乳首に届く前に、わかってしまう。

――私は、ルドルフ殿下の舌で気持ちよくなってしまう……。

ルドルフの言うとおりだ。

どんなに淑やかに振る舞っても、ルドルフの愛撫を嫌がっても、自分はすぐに彼がもたらす行為に溺れてしまう。

達した後はなにもわからなくなり、蕩けるような快感を追い求めるだけの、淫らな女になってしまうのだ。

「エヴァリーン……」

乳首を舐めようとするルドルフの舌が、まるで死神の鎌のように思えてくる。

なぜなら、それはエヴァリーンを殺すのだ。

甘く痺れるような愉悦を与え、淑女と名高い男爵令嬢を、淫猥な娼婦に変えるのだった。

ルドルフは舌で、指で、膨れ上がった凶暴な分身で、エヴァリーンを何度も殺してきた。

今日はこの銀髪の死神に、自分は何度達かされるのだろうか。

——もう、いや……。これ以上、私の自我を殺されたくない……。

「誰か……誰か、助けて……」

ここはラマンチカの森の離宮。

ルドルフの狩り場だ。

中庭は綺麗に整備され、離宮の内部も美しく保たれていた。たくさんの使用人が働いているに違いないが、エヴァリーンは今まで彼らの姿を見たことがなかった。

ルドルフの命令で、エヴァリーンの前から姿を消しているのだろう。

——だから、誰も私を助けてくれないのだわ……。

純潔を奪われた時と同じだ。

助けを求めて差し伸べた手を、諦めて下ろそうとした時だった。エヴァリーンの手をしっかりと握り、ルドルフのもとから引き離した人がいた。

「お嬢様から離れなさい、この獣《けだもの》っ！」

侍女のジェシカだった。

離宮に呼び出される時は、いつも彼女が付き添ってくれた。

エヴァリーンがルドルフと会う間、ジェシカは別室で待機させられるのだが、今日のエヴァリーンは馬車の中でずっと泣いていた。エヴァリーンの精神状態を心配し、ここまで様子を見に来たのだろう。

「ジェシカ……」

自分を性愛の対象としない、女性のやわらかい身体の感触にほっとする。

エヴァリーンはジェシカの胸に縋り、はらはらと涙を流した。

ジェシカはエヴァリーンを抱きしめ、怒りに燃えた目でルドルフを睨みつける。

「こんなにお嬢様を泣かせて……追い詰めて……。これ以上、私のお嬢様を苦しめないで！」

エヴァリーンは胸が熱くなった。

ジェシカは一番信頼していた侍女だった。姉のように思ったこともある。ジェシカに裏切られて、とても悲しかった。

けれども、ジェシカは「私のお嬢様」だと言うほどに、エヴァリーンを大切に思ってくれていたのだ。

「あなたみたいなひどい男に協力するなんて、もうまっぴらよ！　お嬢様の前から消えてちょうだい！」

ジェシカは我を忘れたように髪を振り乱し、大国の王太子であるルドルフを怒鳴りつけている。

――いけないわ、ジェシカ。あなたは、ルドルフ殿下からお母様の治療費を受け取っているのだから……。

ジェシカに救い出されたことで安堵し、他人の状況を気に掛ける余裕ができていた。

エヴァリーンは深呼吸をし、自分自身に言い聞かせる。

――冷静に。冷静になりなさい、エヴァリーン。動揺すると、視野が狭くなってしまうわ。

初めてルドルフに抱かれた時は媚薬で、二度目に抱かれた時は、覆面の男性をヒューゴだと思い込まされ、エヴァリーンは平常心を失った。緊張の糸が切れ、快感に溺れてしまったのだ。

そして、今日はヒューゴと交わした偽りのキスが辛くて、ルドルフの胸を何度も叩き、「私を解放してください」なんて、駄々っ子のような真似をした。

同じ失敗を何度も繰り返すのはやめよう。

冷静になるのだ。

自分を見失ったら、ルドルフの思うつぼではないか。

「──ジェシカ。私は大丈夫。あなたのおかげで落ち着いたわ。私から離れなさい」

「でも、お嬢様……」

「離れなさい」

エヴァリーンはぴしゃりと言って、ジェシカを数歩、遠ざけた。

もう一度深呼吸をして、ルドルフに向き直る。

「私の侍女が無礼なことを申し上げました。ジェシカに代わって、主人である私がお詫びをいたします」

ジェシカの母親は闘病中だ。ルドルフの援助がなくなったら、高額な費用がかかるという治療を続けることができない。ルドルフの不興を買うことは避けたかった。

「けれどもルドルフ殿下は、侍女の戯れ言を本気になさって、気を悪くされるような方ではありませんよね？」

親しい友人を前にしたように、エヴァリーンはにっこりと笑いかける。

ルドルフは苦々しげに笑い、ジェシカに言い放った。

「――行け、次はない」

ジェシカはエヴァリーンを気にしている。エヴァリーンがしっかりと頷いてみせると、ジェシカは心配そうな顔をしながらも去って行った。

「ありがとうございます、ルドルフ殿下」

「念のために言っておくが、あの女の罪は、王太子を罵倒したことではない。――エヴァリーン、あなたに深呼吸をする時間を与えたことだ」

「ええ、ジェシカのおかげで、落ち着くことができました」

慟哭の名残を感じさせずに微笑むエヴァリーンを見て、ルドルフは不愉快そうに眉根を寄せた。

「もう少しで、あなたが私の手に堕ちてくると思ったが……。あなたはすっかり淑女の仮面を被り直してしまったな。さて、どうするか――」

エヴァリーンの頬を小憎らしそうに撫でたルドルフは、ふと片眉を上げた。

「そうだ、ゲームをしないか」

「ゲーム？」

「そう、ゲームだ。私がいいと言うまで、ある物を落とさずにいられたら、あなたの勝ちだ」

脳裏に浮かんだのは、所作の家庭教師から受けた授業だった。

頭上に本を載せ、それを落とさないようにして、美しく歩く練習をしたものだ。

――まさか、そういうゲームなのかしら……？

「美しい主従愛に免じて、あなたが負けても罰は科さない。そして、あなたがゲームに勝利したら、私から永遠に解放してやろう」

「――っ」

――ゲームに勝てば、この悪夢から逃れることができるの……？

なにか裏がありそうだったが、もしゲームに負けたとしても、自分に損はない。

願ってもない機会だった。

「やらせてください」

――必ずゲームに勝って、もとの幸せな生活に戻ろう。

エヴァリーンはその瞳に強い決意を込めた。


「下着を脱いで、ここに座れ」

離宮の応接室に移動したエヴァリーンは、猫足の長椅子に腰掛けたルドルフに命じられた。

黄金の蔦装飾が美しい窓から陽が差し込み、長く尾を引くような光が床に映り込んでいる。

巨大な円形の絵画に覆い尽くされた豪奢な天井の下、エヴァリーンは頬を染めた。

「下着を……」

そんなことしたくもなかったが、ルドルフの気が変わって、ゲームの終了を宣言されたら困る。

エヴァリーンは衝立の陰で下着を脱ぎ、長椅子に腰掛けるルドルフの隣に座った。

「そこではない」

「え……きゃあっ」

お腹に手が回り、ルドルフの膝の上に抱き上げられる。ドレスの裾が大きく舞い上がって、エヴァリーンはあらぬ場所に風を感じた。下着を着けていない状態に改めて羞恥を覚える。

「では、ドレスの裾をたくし上げろ」

「……」

「いやか？　いやなら、ゲームは終わりだ。私はそれでも構わない」

「やります」

目先の恥ずかしさに負けてはいけない。ゲームに勝てば、自分はルドルフから解放される。こんな好機は二度とないだろう。

エヴァリーンはドレスの裾を膝まで上げ、できるだけ淡々とした口調で訊いた。

「脚も開いた方がよろしいですか、ルドルフ殿下」

どうせ、次はそう命じてくるのだろう。

精一杯の憎まれ口だったのだが、ルドルフはエヴァリーンの態度がおもしろいようだ。皮肉な笑みを漏らして、エヴァリーンに言った。

「あなたは聡明な女性だな」

ぼんやりとゲームの全貌が見えてきた。

おそらく自分は、秘所になにかを入れられる。こんな格好をさせられたら、いやでもそれが予想できた。

なにを入れられるのか……ルドルフの指か、彼の分身か——テーブルの上にペンがあるから、それかもしれない。

そして、ルドルフがいいと言うまで、中に入れたものを落とさずに、持ちこたえる。

そうすれば、エヴァリーンの勝ちだ。

——なんて淫らなゲームを仕掛けてくるのかしら……。

ルドルフに抱かれるようになって、エヴァリーンは感じやすい身体になった。長い指が、熱い舌が、凶暴なくらい猛り狂ったものが、エヴァリーンの無垢な身体をこじ開けて、否応なしに快感の種を植え付けていったからだ。

ルドルフに開発された肉体は、彼に触れられると悦びが芽吹き、甘美な蜜をあふれさせてしまう。

けれども、ゲームには負けられない。

──私は必ず耐えきってみせる。

なにをされても動揺せずに、心を落ち着かせて、快感に打ち勝つのだ。

エヴァリーンは静かに息をつき、両脚を開いていった。

暖炉の炎がぱちぱちと燃えさかる。

まるで熱砂のような暖気を放ち、脚の間の繊細な場所をじりじりと焼いた。

内腿に汗がにじみ、透き通るように白い肌を艶めかせる。

エヴァリーンはゆっくりと瞬きをして、自分に言い聞かせる。

──大丈夫。私はまだ平常心でいられる。

自分はルドルフに背を向けて膝に乗せられているのだ。彼のダーク・グリーンの双眸には、エヴァリーンのあられもない場所は見えていない。

まだ気が楽だった。

しかし、その時、衝立の陰から覆面の男が現れ、エヴァリーンの心臓が凍りついた。

「アラン……?」

覆面の男――アランは、エヴァリーンの問いかけに応じるように一礼した。そして、長椅子の正面に立ち、身の丈ほどもある大きな鏡を掲《かか》げたのだった。

「いやぁ……っ」

反射的に目をつぶったが、鏡の中の自分が脳裏に焼きつく。かあっと頬が熱くなって火を噴きそうだった。

「目を開けろ、エヴァリーン。一部始終を見届けることが、あなたがゲームに勝利する条件だ。――それとも、もう降参したいのか」

「う、っ……」

目尻に涙をにじませ、エヴァリーンは懸命に瞼を押し上げた。

ルドルフが鏡の中の自分を見ている。だから、鏡を見ない振りをしたり、薄目を開けたりなどのごまかしはできない。

「いや……っ」

自らドレスをたくし上げて、淫らに大股を広げた少女が、淡い茂みをまとわせた秘裂を晒す姿が鏡に映っている。

あまりの恥ずかしさに心臓が破けそうだった。唇が白くなるくらい強く噛みしめても、少しも羞恥の気持ちはおさまらず、エヴァリーンは開いた脚を引きつらせて悶えた。

「あ……やぁ……」

「そんなに恥ずかしがることはない。あなたのここは綺麗だ。私が幾度も精を放ってやったが、まるで穢れを知らぬ乙女のようだ。――今も淡い薔薇色に染まり、慎ましく閉じている」

エヴァリーンが目を逸らせないように顎を押さえつつ、ルドルフは利き腕の指先を自分の口元に触れさせた。

そして、歯を使って手袋を引き抜き、節くれ立った長い指を乙女の秘裂に添わせる。ルドルフがすっと撫で上げると、秘裂の線がふるりと儚げに震えた。

「あぁ……いや……っ」

今すぐ逃げ出したい。けれども、ゲームを投げ出すことはできないので、逃れられない羞恥が膨れ上がって、エヴァリーンは頭が破裂しそうだった。

エヴァリーンの首筋に食むようなキスをしながら、ルドルフは初々しい割れ目をそっと左右に押し開いた。

「ひぁ……」

咲き始めの薔薇のような蜜口が鏡に映った。

秘裂は愛らしい薄紅色だったけれど、内側の粘膜は鮮やかさを感じさせるほど赤く、てらてらと艶めいて生々しい。

　恥ずかしくて、気絶しそうだ。真っ赤に染まったエヴァリーンの耳に、灼けるように熱い囁きが触れた。

「ほら、これがあなたの陰唇だ。小さくて、かわいらしいだろう？　左右の大きさは変わらないな。綺麗な形をしている」

　花びらを摘み、エヴァリーンに見せびらかすように広げる。

「ぅく、やぁ……」

「私があなたを犯す時、このかわいらしい陰唇が、私のものに吸い付いてくる。ちろちろと舐めるように私を締めつけ、熱い精が欲しいと蜜を流すのだ……」

　エヴァリーンの耳をねっとりと舐め、ルドルフは劣情に濡れた男の囁きを注ぎ込む。

「や……」

　こんなふうに欲情したルドルフに囁かれ、太いもので貫かれた時の感覚を思い出してしまう。

　下腹部に熱がこもり始めて危険だった。エヴァリーンは振り切るように強い声で言った。

「早くゲームを始めてください」

「そうだな。あなたがかわいらしくて、ついいじめすぎてしまった。改めて説明するが、これをあなたの女の穴に入れ、落下させることなく耐えきったら、あなたの勝ちだ。――

いいな、エヴァリーン」

「それは……！」

エヴァリーンは驚愕して目をみはった。

ルドルフが手にしているのは、いくつかの青い宝貝が入った小瓶だった。

——ヒューゴのプレゼント……！

エヴァリーンが落としたそれを、先ほどルドルフに拾われていたのだった。自分を陵辱した男が、婚約者の贈り物を手にしている状況が辛い。

「返してください！」

「ゲームの続行を望むなら、動くな。わずかでも動いたら、あなたが降参したとみなす」

「つ……っ」

エヴァリーンはたくし上げたドレスを握りしめ、小瓶のコルク栓が開けられるのを、悲しげな目で見つめるしかなかった。

——ヒューゴのプレゼントを、私の中に入れられてしまう……。

身を捩らせ、エヴァリーンはわなわなと唇を震わせた。しかし、ルドルフが摘んだ小さな宝貝は、エヴァリーンの震える唇にぷにっと押しつけられた。

「え……？」

小指の先ほどの宝貝は、くるっと丸まっていて、なめらかな感触がした。

「わかるか？　これはあなたの内側を傷つけるものでない。安心して受け入れろ」

私の身体を心配する優しさがあるなら、精神的なことも気遣って欲しいと思った。

「……やめて……っ」

後ろからエヴァリーンを抱いたルドルフは、正面の鏡に映ったエヴァリーンの顔――怯えて、ぽろぽろと涙を流す様子を満足そうに眺め、おもむろに小さな宝貝を割れ目の線に添えた。

「いやあぁ……っ」

なめらかで、まあるい宝貝は、やわらかな秘裂と馴染《なじ》みやすかった。ルドルフがさほど力を込めた様子もなかったけれど、花びらをつぷっと割って、柔襞の中へと吸い込まれていった。

「あぁあぁ……っ」

宝貝の異物感よりも、それが婚約者のプレゼントだったという事実に耐えられない。エヴァリーンは白い顎を仰け反らせ、下腹部をガクガクと収縮させた。

「押し返される……。力を抜け。私のものを受け入れる時のように」

「ふ……あぁ……」

「そう、それでいい」

何度も息を吐いてそこを弛めると、華奢な肩口に褒めるような口づけが落とされた。

「ぁあ……」

青い宝貝――それは、エヴァリーンの瞳を思い描き、ヒューゴが選んでくれたものだった。

ヒューゴに申し訳なくて、胸が張り裂けそうになる。

しかし、ルドルフから解放されるには、この淫らなゲームに勝つしかないのだ。

「ルドルフ殿下……いつまで、これを中に……？」

「小瓶の中身をすべて入れ終えるまでだ」

小瓶の宝貝は、十以上はあるだろう。

――嘘……これをすべて私の中へ……？　一つだけではなかったの……!?

「このゲームの本質は、あなたが本当の淑女か否かを測ることだ。あなたが本物の淑女であるならば、無理やり挿入された婚約者の贈り物に、快感を覚えるはずがない。膣口を締め、一つの宝貝も落とすことなく、耐えてみせるといい。――そうすれば、あなたの貞淑は本物だ。私が手を出していい女性ではない。あなたを解放しよう」

「本当に……？」

「ああ。この私に、あなたの貞淑を証明してみせろ」

魅惑的な低い声で告げると、ルドルフは二つ目の宝貝を蜜口に入れた。

「ひあ……っ」

婚約者からのプレゼントが、次々と淫らな場所に呑み込まれていく。

エヴァリーンは瞬きもせずに、鏡の中の残酷な情景を見つめ続けた。

それを見届けることがヒューゴに対する贖罪《しょくざい》だと思ったのだ。

宝貝をすべて内側に呑み込んだら、エヴァリーンの勝ちだ。

決して感じるものか。

だが、エヴァリーンの意思に反して、内壁の粘膜がざわめき始めていた。

「や、ぅあ……」

いくつかの宝貝が内部で重なり合い、小さな生き物のように蠢《うごめ》いている。感じやすい柔襞をギチギチと擦るので、襞のあちこちで小さな悦びがはじけて、お腹の下から疼くような感覚がせり上がってくる。

「いやぁ……つぅ……っ」

特に、新しい宝貝を入れられる時が辛かった。

なぜなら、ルドルフの指がひどく意地悪なのだ。指で摘んだ小さな宝貝を蜜路の奥に突き入れ、最奥の襞をかき混ぜるようにして置いていく。

そんな不埒なことをされると、いくつもの宝貝が内側で暴れて、敏感な粘膜を抉り立てた。

「ぁあっ、んっ、つ……っ」

「婚約者の贈り物を膣内に入れられることが、そんなに気持ちいいのか……？」

「気持ちよくなんて……ありません……」

掠れ声で否定するが、下腹部がジンジンと疼いている。少しでも気を抜いたら、宝貝がこぼれ落ちてしまいそうだった。エヴァリーンはおへその下に力を入れた。

多少、感じてしまっても、宝貝を落とさなければいいのだ。そうすれば自分はゲームに勝てる。

ただし、もしも達してしまったら、緊張の糸が切れて、膣内の宝貝を落としてしまうだろう。

ちらりと小瓶を見ると、残りの宝貝は——四つ。

——あともう少しだわ。

ところが、次の宝貝を摘んだルドルフの指がふいに止まった。

「あなたの粒が物欲しげに震えているな。女の穴だけではなく、こちらも弄って欲しくなったのか？」

楽しげに言ったルドルフは、ぽってりと熟れた秘裂に息づく、小さな花粒の包皮を指先で剝き上げた。そして、無防備になった震える花粒に、つるんとした宝貝を押し当てる。

「ひぁああっ」

宝貝の曲線でグリっと抉られた途端、熱いスープでも垂らされたように、花粒がじゅうんと腫れ上がった。

ルドルフの指でも舌でもない、艶やかな陶磁器みたいな宝貝の感触が、エヴァリーンの小さな粒をいじめて熱くする。

懸命に締めていた蜜口から、とろっとした愛液が滴ってくる。甘酸っぱい蜜を宝貝にまとわせたルドルフは、それで花粒をぬるんと擦って、エヴァリーンの性感をはじけさせた。

「あぁ、やぁっ。ルドルフ殿下、それ、いやあぁっ」

小さな粒が疼いて、はじけ飛びそうで、たまらなかった。たくし上げていたドレスの裾がひるがえるくらい、びくんびくんと腰が跳ね上がってしまった。

すると、閉じていた秘裂がひくひくして、花びらの隙間から宝貝の一部がのぞいた。

——だめっ、宝貝が……私の中から……こぼれ落ちてしまう……。

「もう……っ、そこ……擦られるの……いやです……。あぁ……早く……っ、早く、宝貝を……私の中に、入れて……ください……っ。あぁあ……ゲームの……途中でしょう……?」

息も絶え絶えに懇願すると、愛蜜で濡れた宝貝を手にするルドルフが、軽いため息をついた。

「ずいぶん感じていたようだが、まだゲームの進行を気にする余裕があったか。——いいだろう。あなたの進言に従ってやる」

ルドルフは宝貝を蜜口に挿入し、エヴァリーンをほっとさせたが、ふと邪悪な笑みを浮かべた。

「しかし、あなたの粒は、もっとかわいがって欲しいと、物欲しげにひくついているな……」

ダーク・グリーンの双眸を不敵に煌めかせたルドルフは、エヴァリーンの手をつかみ、ほっそりとした脚の間へ導いた。

「ルドルフ殿下……？」

ルドルフの手が、エヴァリーンの手の甲に重なり、彼女の指先を花粒に添わせた。

そして、エヴァリーンの手を小刻みに揺さぶり、彼女自身の指でひくつく粒を擦らせたのだった。

「ひあっ」

下腹部がきゅんと疼くような快感が駆け抜け、反射的に肩が上がってしまったけれど、ルドルフはエヴァリーンの手を押さえつけて、官能の塊みたいな粒を弄らせ続けた。

「や……ン、ンっ、ふぁ……っ」

自分の指先でクリクリと花粒を擦り立てたが、それはいつもエヴァリーンを翻弄《ほんろう》し、白い世界を見せてくれる巧みな指先と同じ動きをしていた。

「んっ、ふ……あっ、あぁ……っ」

「私のやり方を覚えたか？　そのまま擦り続けるんだ。指を止めたら、このゲームは終わりだ」

「ぁ、あ、そんな……っ」

自分で自分の花芯を慰める行為をやめるわけにはいかず、エヴァリーンは熱い息を吐きながらひくつく粒を弄り続けた。

――こんな浅ましい真似をしないといけないなんて……。

エヴァリーンは泣きたくなった。けれども、悲しみの涙が流れるよりも早く、とろりとした熱い蜜がこぼれてきた。

自分の秘所を擦る粘《ねば》ついた水音が響き出し、悲しい気持ちがすうっと引いていった。

「はぁ……ぁあっ、ふ、つ……っ」

エヴァリーンがそこを弄り続けることを確信すると、ルドルフは新しい宝貝を摘み取り、濡れそぼった花びらにぐちゅりと差し込んだ。

残りは、二つだけ――。

エヴァリーンは目を潤ませて自分の花粒を擦り続ける。下肢の割れ目からとろりと愛蜜があふれ、糸を引き、ぐちゅぐちゅといやらしい音が響いた。

「……ふ、つうっ、あ、あ、うく……っ」

婚約者がくれた大切なプレゼントを体内に入れて、こんなにいやらしい蜜を流して感じてはいけない。

だけども、罪悪感が媚薬となってエヴァリーンの感度を高めていた。わき上がる甘い愉悦はどうしようもなく、痙攣する秘裂から滝のような愛蜜が滴ってくる。

「ん……っ……っ、ひぁあ……っ」

とろっとした愛蜜と一緒に内部の宝貝も流れ出しそうだった。

エヴァリーンは下腹部に力を入れるが、その時のきゅんと蜜口を締める感覚がとても気持ちいい。今にも達しそうになり、艶めかしく腰を揺らしてしまう。

「やぁっ、あぁ、あ……あぁあぁ……」

「辛そうだな、エヴァリーン。我慢強いあなたに、いいことを教えてやろう。達するのを堪えた末にもたらされる女の絶頂は、魂が抜けるほど気持ちがいいらしい」

ルドルフはわざわざエヴァリーンの髪をかき上げ、露わにした耳に甘美な誘惑を吹き込んだ。

「そんなもの……いりません……っ」

エヴァリーンの望みは、このゲームに勝利することだ。

新しい宝貝が秘裂を割って差し込まれ、残りは——一つ。

自分はきっと耐えられる。

しかし、銀髪の悪魔が冷たく笑い、エヴァリーンのうなじに舌を這わせた。それはキスをされたというよりも、三日月型の鎌で首を掻き切られるような寒気を感じた。

「あなたはこの快感に耐えきれまい。なぜなら、あなたはヒューゴを愛していないからだ」

「な……っ」

——いいえ、ヒューゴは私の大切な婚約者だわ……。

彼は私に光るような幸せをくれた。

エヴァリーンがローリア男爵家に留まり、跡継ぎを産めるのは、ローリア男爵家の血筋に連なるヒューゴが婿に入ってくれるからだ。

婚約者がヒューゴでなかったら、口うるさい伯母のヘレンは、エヴァリーンが男爵家を継承することを、絶対に許さなかった。

——ヒューゴが私を愛してくれたから、私はローリア男爵家で暮らし続けることができるのだわ……。

自分にとって、ヒューゴ以上の結婚相手はいない。

だから、私はヒューゴを愛して——。

「もう一度言おう。あなたはヒューゴをこれっぽっちも愛していない」

氷の矢のような言葉が鼓膜《こまく》に突き刺さる。

エヴァリーンは激しく頭を振って、自分の心の奥深いところに隠していた恐れを散らし

た。

「いやぁ、聞きたくない！　早くっ、早く入れてぇぇ――っ！」

喉を振り絞って叫んだエヴァリーンは、奪うようにルドルフの腕をつかみ、自分の秘所へと強引に引っ張り込んだ。

しかし、ルドルフは手にした宝貝を、エヴァリーンが望む場所に入れてはくれない。濡れそぼってひくつく秘裂を宝貝の曲線でなぞりあげた。

「ふぁあ……っ」

宝貝の背はつるんとしていたが、実は底面にぎざぎざの割れ目がある。その凶悪な割れ目が、エヴァリーンの小さな花粒をクッと引っかいた。

「ひ……っ」

「最後の宝貝だ。存分に味わえ、エヴァリーン」

宝貝の割れ目で花粒を挟み、残酷な指が容赦なくそれを揺さぶった。

下肢が千切れ飛びそうな快感がはじける。

「――――ッ」

声も出せないほどの愉悦――というものが、この世には存在していた。エヴァリーンは大きく喉を仰け反らせるが、詰まったように喉がひくつき、熱く掠れた呼気が漏れるばかりだった。

身体中が白い砂と化して崩れ落ちそうだ。

一粒の涙が頬を伝い、その冷たい感触に導かれるようにして、エヴァリーンは正面の鏡に視線を向けた。

「……ぅ……ぁあ……」

うだるような情欲に濡れた女が鏡に映っている。

真っ赤に充血した秘所の狭間から、ぽとぽとっと宝貝があふれていた。愛液にまみれた宝貝は、いやらしい糸を引いて、磨き抜かれた美しい床に落ちる。

いつも礼儀正しく、清廉でいようと思い、エヴァリーンは生きてきた。そんな理想の自分と、鏡の中に映る娘はあまりにもかけ離れていて、それが今の自分の姿であると認めるのに、しばらく時間が必要だった。

「あ……はぁ……ルドル……殿下……」

見ると、ルドルフは小さな宝貝を手にしている。それは最後まで、エヴァリーンの中に挿入されなかったのだ。

――私はゲームに負けたのね……。

「私から解放されることよりも、あなたは快感に溺れることを選んだ。――なにか反論はあるか？」

――反論……？

そんなもの、あるはずがないわ……。

婚約者の贈り物で繊細な場所を弄られて、達してしまった。そんな淫らな自分になにが言えるだろうか……？

でも、一つだけルドルフに頼みたいことがあった。

「私を……寝室に……連れて行ってください……」

自分はもう、淑女の道から外れてしまったのだ。

悪魔のような王太子の欲望で、気が狂うまで犯されるのが似合いだと思った。

大きな乳房を激しく跳ね上げ、男の上で腰をくねらせる少女の影が、寝台の天蓋から下りる幕に映り込んでいた。

「ひあっ、あぁあぁっ、ふ……っ……あぁ……っ」

寝台が派手に軋む音を耳にしながら、引き締まったルドルフの腹部に手をつき、エヴァリーンは懸命に腰を上下させた。大きく跳ね上がる二つの乳房が、汗をまとわせて白く輝いている。

「ん、うくっ……あ、あぁ……ひぁあっ」

ずぷりと腰を沈み込ませると、お互いの茂みが擦れ合い、蜜が絡みついて粘ついた音を出す。

そして、背中をしならせて腰を引き上げると、自分の濡れそぼった部分から、反り返った屹立がずるりと露出して黒光りするのだ。

冷ややかな美貌を誇る王太子の一部とは思えないほど、それは、太く、たくましく、まがまがしい。

エヴァリーンはぞくぞくっと目を眇めて腰を振った。

「ぁあ、ん、んっ、ふぁあ……っ」

ルドルフは涼しい顔だ。

銀髪の後頭部で指を組み、枕代わりにして、自分にまたがって腰を振るエヴァリーンを眺めている。

「なかなかうまいな。とても初めての体位とは思えない。もしや他の男の腹の上で、このように踊ったことがあるのではないか？」

「ル……ルドルフ殿下が……私に教えたのではないですか……こうやって、腰を振りなさいって……あぁあ……ッ」

寝室に連れて行ってくださいと頼んだ時、「それほど抱かれたいのなら、自ら上に乗って腰を振れ」と命じられた。

そして、仰向けになったルドルフのお腹にぺたんと座ったものの、どうしたらいいのかわからずに戸惑っていると、大きな手がエヴァリーンの腰をつかみ、こういう時にふさわしい振る舞い方を教えてくれた。

そう、どれもこれも、ルドルフが教えたのだ。

自分の身体のどこが気持ちいいか。どうしたら、もっと気持ちよくなれるのか。

「あぁ……ふっ、ん……あう……っ」

長い金髪をふわりと旋回させ、エヴァリーンは押し回すようにして腰を動かした。自分の柔襞に猛ったものを擦りつけ、内壁をぎゅうっと振り絞ると、ルドルフも快感を覚えたらしい。

ダーク・グリーンの双眸に劣情の色が灯り始める。

「つ、エヴァリーン……」

大きな手がたまらないというように、くびれた腰の線を撫で下ろした。ぞくっと震えてしまったエヴァリーンは、さらに激しく腰を動かしたのだが、揺れ踊る乳房にズクンとした痛みが走った。

「んっ、痛ぁ……っ」

「どうした？」

「あぁ、胸が……胸が……あぁあ……っ」

「ああ、揺れすぎて、胸が痛むのか。身体が細い割に、あなたの乳房は大きいから、負担がかかっているのだろう。——私に任せて、そのまま動いていろ」

「ひあっ、あぁあぁ……っ」

乳房の痛みに耐えながら腰を振り立てると、上下に跳ね回る乳房をルドルフが鷲づかんだ。いやらしく揉み込んで、痛みを宥めてくれる。

痛みを感じたのは乳房だったのに、薄紅色の突起も指の腹で擦ってかわいがる。そこが赤く色づき始めると、指で強めに挟んで揺さぶった。

「乳首が硬くなってきた。痛くないか……？」

「ふあっ、あ、あっ、あぁ……っ」

エヴァリーンは目を潤ませ、王太子の問いに甘い声で答えを返す。

ふっと笑みをこぼしたルドルフが、ぷっくりと膨らんだ乳首を摘み、火傷するくらい強く擦り始めた。

「んあっ、んっ、あ、あ、あぁあ……！」

痺れ上がるほどに感じてしまう。

自分の中に吹き荒れる快感に身を任せ、ルドルフの上で淫らに腰を振った。

「あぁあぁあっ」

盛りのついた猫のような声だと思った。

私は人ではないのかもしれない。

大切な婚約者を裏切って、蕩けるような快感をむさぼっている。

けれども、理性を忘れて獣のように感じるのは、なんて気持ちのいいことなんだろう……。

なにが淑女だ。

なにが聖女だ。

私は男を望んでいたのだ。

ああ、もう——感じてしまえ、狂ってしまえ。

気持ちいい……！

エヴァリーンは目がくらむような快感に耽《ふけ》った。

「うくっ、あ、ああっ、もう……あぁあっ！」

目の前で火花のような閃光が飛び散った。ガクガクと腰を揺らして達したエヴァリーンは、騎乗の姿勢を保っていられない。内側に太いものを挿入させたまま、ルドルフのたくましい胸にもたれかかった。

「はぁ……あぁ……」

汗でしっとりと湿った乳房をルドルフの胸板に擦りつけ、自分を貫いた白い光の余韻に浸《ひた》ったけれど、まだ、足りなかった。

エヴァリーンは蜜路を埋め尽くす欲望を締めつけ、ルドルフの胸に頬ずりしながら、ほっそりとした腰を揺らめかせた。

「エヴァリーン？」

ルドルフが不思議そうにエヴァリーンの頬を撫でた。

「どうした、あなたは達したのではないのか？」

「あぁ……」

エヴァリーンはわずかに上体を起こし、ルドルフの腕を自分の乳房にきゅっと抱き込んだ。そして、節くれ立った指にぴちゃりと舌を這わせ、熱い唾液を絡ませていった。

「んっ……ルドルフ……殿下……」

愛らしい唇を窄《すぼ》めて、ルドルフの指を上下に吸った。こうやって私を貫いてくださいと、睫毛に涙の粒を煌《きら》めかせてねだる。

「その誘い方は教えていない」

「私……間違っていましたか……？」

「いや。あなたに煽られた。わかるか……？」

ルドルフは皮肉げに笑い、エヴァリーンに密着させた腰をぐっと押し上げた。

「んっ……中で、大きく……」

「あなたは達したばかりだから多少の容赦をしてやろうと思ったが、不要だったな。——

あなたが私を煽ったのだ。耐えろ」

ルドルフはくびれた腰をつかみ、下からエヴァリーンを突き上げた。

「ひあぁぁっ」

張り出したもので貫かれた瞬間、小さなものがごりっと柔襞にめり込んだ。実はまだ、内側にいくつかの宝貝が残っていた。

ルドルフが膨れ上がった切っ先に宝貝を乗せ、子宮口を突き破るようにして犯してくる。そんな凶暴な欲望が引いていく時は、竿に引きずられた宝貝が膣壁をごりごりと擦った。

「あぁ！　や、あぁあっ、ひっ、あああぁっ！」

すさまじい刺激に柔襞が収縮し、びしゃりと大量の蜜を吐いて二人の下腹部を濡らした。

ルドルフの抽送が激しさを増して、ぬちゃぬちゃと卑猥な水音が間断なく響く。

「中、中……っ、そんな……っ、だめぇ……宝貝が……あぁあっ！」

「痛むか？」

ルドルフの目が優しげなので、「痛い」と訴えればやめてくれそうだったが、エヴァリーンの唇から漏れるのは艶やかな嬌声ばかりだった。

「ひあっ、あ、あっ、あぁぁ……っ、中、すごく……あぁあっ、ルドルフ……殿下……っ」

「あなたの中がうねってきた。また達くのか？　感じやすい女だ。今度、達する時は『達く』と言え。王太子を待たず、先に達した罰だ」

「ふぁあぁ……っ」

その言葉はきっと、エヴァリーンが普通に生きていれば、一生、口にすることはなかっただろう。

けれども、たとえば人は、生きていくために呼吸することが必要で——欲情に濡れた今のエヴァリーンにとってはその卑猥な言葉を発することが、呼吸することと同じ意味になっていた。

「あぁっ、ルドルフ殿下……あぁあっ、私、もう——」

たくましい胸板に頬を押しつけ、そこに爪を立てながら、エヴァリーンは艶めいた声を絞り出した。

「達く、達きます……あぁ……っ、達くぅぅ……っ！」

ルドルフの胸板に狂おしく頬ずりし、雷に貫かれたような絶頂に身を任せる。脈動する牡にうねうねと絡みつく柔襞を振り絞り、エヴァリーンは官能の限りを吸い尽くした。

「はぁ、あぁ……っ……」

「エヴァリーン？」

自分が命じたのに、ためらいなく隠語を叫んだエヴァリーンが心配になったらしい。ルドルフはエヴァリーンの顎に手を掛け、顔を上向かせた。

「あ……ルドルフ……殿下……」

　途切れがちの言葉を紡《つむ》ぐと、半開きの唇から唾液がこぼれた。飲み込もうとする意識が働かず、とろっとあふれ落ちるままだった。蜂蜜漬けの果物のように目元を蕩けさせる。

「ようやく私の手に堕ちてきたか……？　いや、きっとあなたは一晩眠ったら、淑女の仮面を被り直してしまうのだろうな」

　ルドルフは切なげに目を細めてエヴァリーンを見つめる。

「しかし、今は私だけのものだ。綺麗だ。私のエヴァリーン……」

　エヴァリーンの頬を撫で、ルドルフは優しく微笑んだ。

　そんなルドルフに、なぜだかエヴァリーンは泣きたくなるような嬉しさを覚える。

「あぁぁ……」

　エヴァリーンの背中を抱き寄せ、ルドルフはゆっくりと腰を使い始める。

　嵐のような抽送もよかったけれど、こうやってゆるく揺らされるのも気持ちよかった。

「あぁ、んっ、ん……あぁ……」

　乙女の柔襞の隅々まで、張り詰めた屹立の形を感じられる。何度も達した蜜路は愉悦を敏感に感じ取り、ちゅぷちゅぷと優しい抽送にも、狂おしいほどの快感が走ってひくひくと腰が痙攣した。

「あぁっ、ふ……うくっ、あぁ、はぁ……んっ」

ゲームに負けた瞬間、エヴァリーンは暗い海に落とされたような絶望を味わった。

その絶望の海はどこまでも深く、溺れ死ぬことさえ許してくれない。エヴァリーンは沈んで、沈んで、どこまでも沈んで、捨てられたリボンみたいに揺らめくのだ。

心の中はひどく空虚だった。ぽっかりと大きな穴が開いているようだ。だから、快感を呑み込むことに貪欲で、エヴァリーンは腰を振りながら愉悦をむさぼった。

心が壊れるほど気持ちいい。

「ルドルフ殿下……もっと、ください……あぁ、あぁあぁ」

腰骨が蕩けそうな快感に身を任せれば、頭の中が真っ白になるような素晴らしい世界が待っている。

その世界には、絶望も不安も悲しみもない。

——あぁ、早くその世界に飛び込みたい。

感じやすい襞の連なりできゅうぅと屹立を締めつけた。

「つっ、そろそろ……私も達きそうだ……」

「ふぁ、ルドルフ殿下、私も……また……っ」

小さなお尻に指をめり込ませたルドルフは、華奢なエヴァリーンの腰を前後に揺さぶって、今にも破裂しそうな分身を襞に擦りつけた。

「くうっ、エヴァリーン……っ」

熱く蕩けた場所で跳ね上がった牡が、力強く脈動して濃厚な白濁を噴き上げる。ルドルフはエヴァリーンの首に腕を回し、自らの胸板に埋め込むようにして抱きしめた。

「まだ、出る……っ。動くな、エヴァリーン」

「んんっ……ルドルフ殿下……っ」

ぴったりとお互いの肌を密着させながら、ルドルフはどろりとした熱いものを放出した。

「ひぁ、熱い……あぁ……」

噴き上がる白濁をすべて受け止めた身体は、すべての骨が溶けてしまったようになる。ぐんにゃりと身体中の力が抜け、エヴァリーンは彼の胸に倒れ込んだ状態で動けなくなった。

「あ……んっ……ふ」

濡れそぼった蜜口はまだ、ルドルフの欲望を咥え込んでいた。入口の柔肉をふんわりと盛り上がらせて、ひくひくっと痙攣しているようだ。

たくさん放って気が済んだと思うのに、ルドルフはつながりを解こうとしなかった。汗ばんだエヴァリーンの背中に腕を回し、なにも言わずに金色の髪を撫で続けている。

「ふ……」

髪を撫でる彼の手に慈しみを感じたのは、私の気のせいだろう。この悪魔のような王太子は、私を弄んでいるだけなのだから。

徐々に手足の感覚が戻ってきた。エヴァリーンは寝台の柱に手をやって、身体を支えようとした。

「自分で抜けるか、エヴァリーン？」

「っ……はい……」

エヴァリーンはゆっくりと腰を浮かせた。白い糸を引いて抜け落ちた牡が、ルドルフのお腹側へと倒れていった。

「ン……っ」

ひくつく秘裂がじゅくりと音を立てる。蜜口から白濁がにじみ、とろっと内腿を滴った。その時、エヴァリーンの内側から、なにか小さなものがこぼれ落ちる感触がした。

シーツに転がったのは、ころっとした青い宝貝だった。べっとりと濡れて、淫らにてらついている。

──ヒューゴのプレゼントが汚れてしまったわ……。

綺麗にしないと……。

ぼんやりとした意識のまま宝貝を口に含むと、舌の上に生々しい味が広がった。エヴァリーンが流した愛蜜と、ルドルフが放った白濁の味だ。

すると、突然の嵐のような悲しみがやってきて、エヴァリーンの心を吹き飛ばそうとする。

「ルドルフ殿下……」

エヴァリーンは切なく疼いた胸をもてあまし、寝台に上半身を起こすルドルフにしがみついた。

縋るようにその頬に触れ、ルドルフの端整な唇に口づける。

「あなたからキスをするのは初めてだな」

――キス？　まさか……。

この口づけは、そんな神聖なものではないわ。

エヴァリーンは火のような目をして王太子を見据えた。

「あなたも、私の罪の味を知るといいのです」

張り詰めた声で告げ、ルドルフの唇に、再び自分の唇を強く押しつけた。

「っ……っ」

ルドルフの舌に宝貝をのせ、自らの舌を絡ませる。

二人が情欲に溺れて流した体液の味を、ぴちゃぴちゃと激しく舌を絡ませてルドルフに伝えた。

「んっ、んん……っ」

「エヴァリーン、ふっ……」

お互いの髪や頬をめちゃくちゃに撫で回し、熱くぬめった舌を絡ませ合った。悩ましい水音が上がる二人の唇の狭間で、哀れな宝貝がころころと翻弄されている。

「ふ、あぁ……」

そのうちに、二人の唇の間から宝貝がこぼれ落ちた。

——あ、と思った時には、ルドルフがシーツに沈んだそれを膝で踏みにじっていた。

エヴァリーンはその様子を見下ろすけれど、すべての感情が痺れてしまったようで、悲しいという気持ちがわき起こらない。

「これであなたと私は共犯だ。満足か、エヴァリーン？」

婚約者の贈り物を蔑《ないがし》ろにした銀髪の悪魔が笑っている。

でも、ヒューゴの真心を台無しにしたのは自分も同じだったから、ルドルフの胸に自ら頬をすり寄せた。

「いいえ、足りません。もっと私を狂わせてください……」

「いいだろう」

肩をつかまれ、荒々しくシーツに押し倒される。

すぐに甲高い嬌声が上がり、むせ返るような愛蜜の香りが閨を満たした。

しかし、エヴァリーンの涙は、もう一滴たりとも流れなかった。

第五章　月光のワルツ

——なぜだろう。

ルドルフに抱かれた後は、幼い頃の夢をよく見てしまう。

ローリア男爵邸の一室——エプロン・ドレスを着たエヴァリーンが、大きな置き時計の中に隠れて、その観音開きの扉をぱたんと閉めた。

あれは四歳になったばかりの頃だ。胸に抱っこしたクマのぬいぐるみは、四歳の誕生日に両親からプレゼントされたものだった。

「ここだったら見つからないわ！」

当時、子守役だったジェシカとかくれんぼをしていたのだ。

幼い頃のエヴァリーンは元気なお転婆娘だった。木の上に隠れることが多く、置き時計の中は盲点だったようで、本当に見つからず、待ちくたびれた幼いエヴァリーンは、ぬいぐるみを抱いてうとうとしてしまった。

「あなたは、まだエヴァリーンをここに置いているのですか！」

女性の金切り声で目が覚めた。

置き時計の扉は格子状になっていた。隙間からのぞき見ると、それは伯母のヘレンだった。

幼いエヴァリーンは、いつもガミガミと口うるさい伯母が大の苦手だった。伯母がローリア男爵邸に顔を見せると、ろくな挨拶もせずに逃げ回っていた。

「ヘレン姉さん……。エヴァリーンは、私と妻の娘ですよ。この屋敷で暮らすのは、当たり前のことではないですか」

やんわりと父が窘《たしな》めると、伯母のヘレンは目をつり上げて叫んだ。

「馬鹿なことを！　あの娘は、どこの馬の骨とも知れない捨て子ではないですか！」

——捨て子……！

幼いエヴァリーンはぬいぐるみを抱きしめて驚愕した。

——私はお父様とお母様の子どもではなかったの……!?

「しかし、妻はエヴァリーンを本当の娘のようにかわいがって……」

「お黙りなさい！　あの娘は目上の人間にろくな挨拶もできない礼儀知らずです。しかもドレスを泥だけにして走り回る粗野な娘ではないですか。あの娘がローリア男爵家の一人娘として扱われていることに、吐き気がします」

「エヴァリーンはまだ四歳です。元気でいいじゃないですか」

「いいえ、生まれの悪さがにじみ出ているのですよ。このままではローリア男爵家の家名に傷がつきます。あのような得体の知れない娘、早く追い出してしまいなさい！」

「まあまあヘレン姉さん。お茶でも飲んで落ち着きましょう」

父はげんなりした顔でため息をつき、伯母の肩を抱いて部屋を出て行った。

幼いエヴァリーンは、ぬいぐるみを抱いて震え上がった。

——どうしよう。

いい子にしていないと、お父様とお母様に捨てられちゃう……。


エヴァリーンを目覚めさせたのは、ひそやかなノックの音だった。

寝台に身を起こし、自分の頬の冷たさに気づく。

——小さな頃の夢で泣くなんて、おかしい……。

でも、あの頃は、両親に捨てられるかもしれないということが、本当に恐ろしくてたまらなくて、毎晩、寝台の中で泣きじゃくったものだ。

エヴァリーンは涙をぬぐう。

ルドルフはいなかった。

彼はとても多忙な人で、行為が終わるとすぐに離宮の執務室に直行する。

そんなに政務が溜まっているなら、王宮に帰ればいいと思うのだが、エヴァリーンが自然に目覚めるまでは、なぜかルドルフも離宮に留まっていた。

しかし、控えめな音からして、ノックの主はルドルフではないだろう。

「――どうぞ」

エヴァリーンが許可を出すと、ルドルフの秘書――アランが入ってきた。黒髪を静かに揺らして一礼し、コルクで栓がされた小瓶をエヴァリーンに手渡した。

「これは――」

小瓶には青い宝貝が入っていた。綺麗に洗浄されている。いやらしい体液にまみれていたのが嘘のようだ。

「ありがとう、アラン……」

ルドルフにされたことを思い出すと涙があふれ、小瓶にいくつもの水滴が落ちた。

「あんなことをするなんて――ルドルフ殿下は私を苦しめて楽しんでいる。あの方は私を憎んでいるのね……」

「いいえ」

アランが決然とした声で言った。

「ルドルフ殿下は、あなた様のことを大切に思われています」

とても信じられない。はらはらと涙を流しながら、エヴァリーンは幾度も首を左右に振った。

アランの目が痛ましげに細められる。

「……あの方が、エヴァリーン様に歪んだ執着をお持ちなのは、ある悲しい過去が関わっているのです」

「悲しい過去……？」

「それは──いえ、エヴァリーン様のご出生にも関わることですので……」

だから、言えないと、アランは目を伏せる。

「あなたが言いにくいことって、私がローリア男爵家の養女だということかしら？」

「ご存じでしたか」

「ええ。私が知っていることを、両親は知らないけれども──」

──そうだわ、養子といえば……。

「ルドルフ殿下も、国王陛下のご養子だと聞いたことがあるわ。国王陛下にお子様ができず、甥にあたるルドルフ殿下を王太子として迎えたのだって──」

だが、捨て子だったエヴァリーンとは立場が違う。

ルドルフには歴《れっき》とした王族の血が流れている。だから、エヴァリーンのように自分の出自を不安に思い、枕を濡らしたことなどないだろう。

そう思っていたのだが――。

「ルドルフ殿下は、国王陛下の妹御にあたるセシリア様がお産みになりました。しかし、国王陛下自身のお子様でもあります。つまり、ルドルフ殿下は国王陛下の甥であり、実子でもあるのです」

「え……っ」

「セシリア様は、血のつながった兄王フィリップ様を愛してしまわれました。激情家だったセシリア様にとって、禁忌の恋心は枷にはならず、むしろ媚薬になったようです」

そして、セシリアは酒に酔ったフィリップに迫り、半ば強引に身体の関係を結んだのだった。

背徳の関係が発覚することを恐れたフィリップは、セシリアをセルバランの国王アルフォンスに嫁がせた。

「セシリア様はその半年後、男児をご出産されました。――ルドルフ殿下です」

早産だったと記録されたが、ルドルフの大きさは月を満ちて生まれた赤ん坊と変わらなかった。

ルドルフは不義の子ども。セシリアが祖国で仕込んできた、別の男の種に違いないと噂された。

「しかし、セシリア様は大国メリクシアの王妹でした。小国の王に過ぎなかったセシリア様の夫は、妻の不義を無言で呑み込み、ルドルフ殿下をご自分の子とされたのです」

セシリアは愛する兄王の子であるルドルフをかわいがっていた。夜会を好む社交的な女性だったが、毎晩ルドルフの寝室を訪れ、お休みのキスを欠かさなかったという。

しかし、多情な性格のため、やがて兄王を忘れて夫を愛するようになり、夫の子を次々と産み落とした。

「そして、過去の恋の残滓となったルドルフ殿下を厭うようになったのです」

母親の愛情を欲したルドルフは、身体を鍛《きた》え、勉学に励んだ。誰よりも速く馬を駆け、幼くして学者と議論できるほどの学力を身につけた。

「それでも、一度離れたセシリア様の愛情が戻ることはありませんでした。ルドルフ殿下は、毎晩、就寝時に贈られていたキスを永遠に失ってしまったのです」

ルドルフは血のにじむような努力を重ねた。

だが、セシリアはその姿を見ようともしなかった。剣術の講師と互角に渡り合うルドルフの前を素通りし、夫との間に生まれた子どもたちと楽しそうに談笑した。

ルドルフが不義の子であるということは、セルバランの王宮中に知れ渡っていた。養父はもちろん、父親が違う弟妹も、使用人も、宮廷貴族も、ルドルフに冷たかった。

あえて折檻するようなことはなかったが、ルドルフを見ない、ルドルフに触れない、話しかけない。つまり、ルドルフは存在しないものとして扱った。

ルドルフの世話をする使用人たちは、無言で食事の用意をし、部屋の掃除をするなどした。親身になってルドルフと接したら、王室の不興を買うと思ったからだ。

ルドルフとまともに会話をするのは、家庭教師を例外にすると、乳兄弟のアランくらいのものだった。

「ルドルフ殿下は時折、自分という存在が消えてなくなるという錯覚を起こしていました」

そんな時は、自分の腕をナイフで切りつけていた。ルドルフは滴り落ちる血の赤さを感じ、『ああ、私はこの世界に存在していたのだな』と安堵していたという。

「……おいくつの頃？」

「五、六歳の頃でしょうか」

そんな小さな子が孤独と戦っていたのか……。エヴァリーンは胸が締めつけられる思いがした。

事情が事情だ。養父がルドルフに優しくできなかったのは、仕方がない。けれども、セシリアは実の母親だ。なぜ、ルドルフを優しく抱きしめてあげなかったのだろう。

「幼い頃のルドルフ殿下は、ご自分はいずれ廃嫡され、なにもなさずに一生を終えるのだという覚悟をしておられました。――転機が訪れたのは、あの方が七歳の時です」

メリクシア国王フィリップの養子に迎えられたのだ。

ルドルフは母親の日記を盗み見ていた。自分の本当の父親はフィリップだ。実の父親だったら、自分を愛してくれるだろう。見てくれるだろう。話しかけてくれるだろう。触れてくれるだろうと期待した。

小さな胸を躍らせ、メリクシア国の王宮門をくぐったルドルフは、馬車の降車場で待ち構えていたフィリップ王に抱きしめられた。

――よく来たね、ルドルフ。君をずっと待っていたよ。

「ルドルフ殿下はその時、魂が震えるような喜びを感じたそうです」

「そう。美しい話ね……」

ルドルフは生まれ育った国で辛い思いをした。

肉親の愛情を浴びた幸福感は、ひときわ大きかったと思う。

実の父親の胸に抱かれて、嬉しそうに微笑むルドルフの顔が、エヴァリーンの目に映るようだった。

だが、アランはとても厳しい顔をしている。

「フィリップ王は、表向きにはルドルフ殿下を歓迎しました。しかし実際は、ルドルフ殿下を嫌悪されていたのです」

——もっとお父様とお話がしたい。ルドルフは子どもらしい無邪気さで、約束もなく国王の執務室を訪れた。

そして、扉の隙間から真実を見てしまった。

フィリップ王が自分の手袋や上着を脱ぎ捨て、青ざめた顔で侍従に命じていたのだ。

——汚らわしい。あの子どもが触れたものは、すべて燃やしてしまえ！

フィリップ王は信心深い男だった。

神の教えに背き、実の妹と関係を結んだことを悔いていた。

そのため、自分の罪の証であるルドルフに、激しい拒否反応を示したのだった。

——セシリアめ！　過去の関係を公にすると私を脅し、よりによってルドルフを送りつけてきた！　下の子を養子によこせと命じておいたのに！

ルドルフが触れたフィリップ王の衣類は、すべて暖炉にくべられた。

オレンジ色の炎に照らされたフィリップ王の横顔は醜悪に歪み、ルドルフへの憎しみを刻みつけるようだった。当時ルドルフの傍で一部始終を見ていたアランは、沈痛な面持ちでそう語った。

「ひどいわ。ルドルフ殿下に罪はないのに……」

エヴァリーンは唇を震わせる。

美しい話だなんて、無責任な感想を漏らした自分の口を消してしまいたい。

「ご自分の母親、そして、実の父親からも拒絶されたルドルフ殿下は、『自分はどうして生まれてきたのだろう』と絶望されました」

フィリップ王がルドルフの存在を憎悪しているのなら、王太子として養子に入る意味はない。

ルドルフはメリクシアの王宮を抜け出し、横殴りの猛吹雪の中をさまよった。部屋着と変わらない軽装だった。アランが外套を差し出しても、ルドルフは無視をして歩き続けた。

「このまま凍え死んでも構わないと思われていたようです」

それほどルドルフの絶望は深かった。

幽鬼のような顔であてもなく進んでいたが、こんもりと積もった雪の吹きだまりの前で、ルドルフはふと足を止めた。

「赤ん坊を見つけたのです。赤い毛布にくるまれた女の子でした」

ルドルフは雪の中に埋もれた赤ん坊を抱き上げた。

赤ん坊は冷え切っていて、ぴくりとも動かなかった。アランの目にはすでに死んでいるように見えた。しかし、ルドルフは赤ん坊の頬をさすり、氷の欠片《かけら》のような小さな指に熱い息を吹きかけた。

すると赤ん坊の睫毛が震え、くしゅんとかわいい音が響いた。

ルドルフは何度もくしゃみをする赤ん坊を愛おしげに抱きしめ、アランに言ったという。

――ああ、そうか、アラン……。私はこの子を抱き上げるために、この世に生まれてきたのだな……。

「もしかして、その赤ちゃんが――」

「はい、エヴァリーン様です。あなた様は、生きる意味を見失っていたルドルフ殿下の希望の光となったのです」

「私が……」

赤ん坊にはあたたかいミルクや肌着が必要だった。

ルドルフは赤ん坊を抱き、たまたま目についたローリア男爵邸に駆け込んだ。

「ローリア男爵夫人がご自分のお乳を飲ませてくださいました」

「私のお母様よね？」

「そうです」

ローリア男爵夫人は初めての子を死産したばかりだった。精神的に不安定な状態だったので、捨てられていた赤ん坊――エヴァリーンを、自分の娘だと思い込んだ。

死産の際に身体を痛め、次の子どもを産むのは難しかった。ローリア男爵は愛する妻のために、エヴァリーンを養女ではなく、実子として迎え入れることにした。

ローリア男爵夫人が正気を取り戻してからも、エヴァリーンの立場は変わらなかった。

優しい両親に見守られて、すくすくと成長していったのだった。

「知らなかったわ。ルドルフ殿下が私の命を助けてくださったのね……」

あの日、ルドルフが見つけてくれなかったら、赤ん坊のエヴァリーンは雪に埋もれて死んでいた。優しい両親の愛情に包まれて暮らすことができたのは、ルドルフのおかげだったのだ。

「命を救われたのは、ルドルフ殿下も同じです。エヴァリーン様の健やかな成長が、あの方の生きる意味になったのです」

実の両親に存在を否定されたルドルフは、心が穴だらけになっていた。

その隙間を埋めるように、エヴァリーンにのめり込んでいったという。

次期国王としての教育を受け、政務に励む忙しい合間を縫って、ルドルフは定期的にローリア男爵邸を訪問した。エヴァリーンと薔薇園を散策することは、ルドルフにとって至福の時だったようだ。

エヴァリーンと会えない時は、エヴァリーンの姿を描いた絵や私物を取り寄せた。死にかけていた哀れな赤ん坊が、少しずつ大きくなっていく様子に、一条の光を見たような喜びを感じたらしい。

やがてエヴァリーンは花が咲くように美しく成長し、ルドルフを夢見心地にさせたという。

「あの薔薇園の散策には、そんな理由があったのね……」

今思えば、両親が自分にルドルフの訪問理由を語らなかったのは、エヴァリーンの出生の秘密を隠すためだったのだろう。

「ルドルフ殿下にとって、あなた様は特別な女性なのです。ルドルフ殿下があなた様を苦しめるのは、決して憎しみがあるからではありません。なんらかの事情があるのだと思います」

──ルドルフ殿下の事情……？

でも、あの方は生きる希望になったという存在──私を貶めるような真似をしている。

そんな矛盾に満ちた人の心裡を理解できるはずもなかった。

──私だったら、大切な人には優しくしたいと思うわ。それなのに、ルドルフ殿下は私にひどいことばかりする。

いや、そうでもない。

ルドルフが優しかった時代もある。

エヴァリーンが幼い頃は、薔薇園でヴァイオリンを弾いてくれたり、ベンチで居眠りしてしまった自分に上着をかけてくれたりした。

幼いエヴァリーンだって、あの頃の優しいルドルフに懐いていた。

──あの頃に、なにかルドルフ殿下の心境を変える出来事があったのかしら……？

もしかして――。

思い当たったのは、先ほどエヴァリーンが見た幼い頃の夢だった。

四歳の時、自分が養女だと知ったエヴァリーンは、ローリア男爵家にふさわしい娘として振る舞うようになったのだ。

木登りをやめて淑やかに歩き、苦手だった伯母にもきちんと挨拶をするようにした。

母親の趣味が刺繍だったので、エヴァリーンも刺繍をするようになった。

子どもらしいわがままを言うこともなくなって、大人の言うことを聞くいい子になろうと努めた。

一つなにかを思い出すと、それに連動した情景もよみがえってくる。

忘れていた記憶の扉が開いたのだった。

――そうだわ、あの日、「いい子」になった私が、薔薇園でルドルフ殿下と再会した時……。

十二年前のあの日、エヴァリーンの姿を見つけたルドルフは、楽器ケースを持っていない方の手を大きく広げた。エヴァリーンがいつもルドルフの胸に飛びついていたからだ。

しかし、「いい子」になったエヴァリーンはそれをしなかった。ドレスのスカートを摘んでお辞儀をし、「ようこそいらっしゃいました、ルドルフ殿下」とよそよそしく挨拶したのだった。

――そう、この時からだわ。私があの方のことを「ルドルフ様」ではなくて、「ルドルフ殿下」と呼ぶようになったのは……。

そして「いい子」のエヴァリーンは、ルドルフの後をしずしずとついて歩き、彼に勧められてから薔薇園のベンチに座った。

わがままは言わないと決めていた。

肩にヴァイオリンを構えたルドルフに「なんの曲がいいかな」と訊かれても、「ルドルフ殿下のお好きな曲でいいです」と答えたのだった。

その後、ルドルフはヴァイオリンを弾かず、無言でベンチに座り込んでいた。それ以来、彼は薔薇園にヴァイオリンを持ってこなくなった。

あの頃のエヴァリーンは幼くて、ルドルフの行動を気にとめなかったけれど、今ならばわかる。

――私はあの方をひどく傷つけたのだわ……。

ルドルフの希望の光となった娘が、ある日「いい子」の仮面を被って彼の前に現れた。ルドルフにひどく懐いていたのに、突然、他人行儀な態度で接するようになったのだ。

そういえばルドルフは、四歳の頃の自分と結婚を考えていたと言っていた。

しかし、「いい子」になった自分を見て心を痛め、結婚を思い直したに違いなかった。

ルドルフの希望の光を断ち切ったのは、エヴァリーンだ。

──私はあの方の孤独をさらに深めてしまった……。

今思えば、ルドルフが獲物を狙う獣のような目で自分を見るようになったのは、この頃だ。

「いい子」の仮面を引きはがしたくて、そういう眼差しをしていたのかもしれない。

──でも、私はあの方に陵辱されたせいで、「いい子」や「淑女」の仮面を引きはがされたわ。

淫らに喘がされただけではない。

ルドルフを睨んだり、叩いたり、激情のままに叫んだりした。駄々っ子のように泣きじゃくったこともある。

本当は隠しておきたかった生身の自分を見せてしまっていた。

──私を辱めるのは、そういう私の表情が欲しいから……？

それにしては、度が過ぎている。

ルドルフの本当の目的はなんなのだろう。

けれども、複雑な事情を持つ王太子の心情は測りがたく、エヴァリーンは重いため息をつくのだった。

その日、エヴァリーンは離宮に泊まることになった。

軽い熱が出たからだ。

過去の出来事をたくさん思い出したので、脳が疲れてしまったのだと思う。

数時間も横になっていたら治ってしまったが、ローリア男爵邸には、外泊の言い訳を携《たずさ》えた侍女のジェシカが向かっていた。

今さら帰宅はできない。

朝まで寝てしまおうと思い、寝台に横になっていたのだが——。

「あ……」

もの悲しくも叙情的な音色で目が覚めた。

エヴァリーンは寝台に上半身を起こし、音が流れてくる方向にぼんやりと視線を向けた。

窓辺に立つルドルフが目を伏せ、飴色のヴァイオリンを弾いている。端整な目元に濃い影が差し、彼の孤独を浮き彫りにするようだった。

——綺麗な音……。

十二年ぶりに聴くルドルフのヴァイオリンだった。

幼いエヴァリーンが大好きだった曲だ。

——あの頃の私は、本当の曲名を知らなくて、これを「子守歌」と言っていたわ。

きっと本当に子守歌だったのだ。

エヴァリーンが赤ん坊だった頃、ルドルフがその曲を弾いてくれたのだろう。

ふと、ヴァイオリンの音色が途切れた。

ルドルフがエヴァリーンの目覚めに気づいたようだ。すっと弓を下げて寝台の方に視線を向けた。

「熱は？」

「大丈夫です」

しかし、その返答はエヴァリーンの強がりだと思われたらしい。ルドルフは寝椅子にヴァイオリンを置き、エヴァリーンの額に手のひらを当てた。

「本当に下がったな」

ルドルフは小さく息をつき、どことなくほっとしたような表情をした。

あの曲を久しぶりにエヴァリーンの前で弾いたのは、発熱を癒す意味があったのかもしれない。

「起き上がれるなら、夕食を用意しよう。着替えるといい」

そうしてエヴァリーンが身に着けたのは、鮮やかな深紅のドレスだった。胸元が大胆に開いたもので、身体の線が強調されるマーメイドのようなデザインだ。

はち切れそうな胸の谷間や、艶めかしい曲線を描く腰付きがはっきりとわかる。

鏡に映る自分の腰に触れてみる。

まるで別人のようだ。

深紅のドレスをまとったエヴァリーンは、しっとりとした大人の女の色香を放っていた。

――お母様が今の私をご覧になったら、卒倒するでしょうね……。

慌てふためく母の様子が目に浮かぶようだった。

エヴァリーンはくすっと笑い、身支度用の小部屋を出た。

「お待たせしました」

窓辺に立つルドルフが意外そうな顔で腕を組んだ。

「堂々としたものだな」

どうやら、大胆なドレスを恥ずかしがったエヴァリーンが、おどおどして身を竦ませる様子を想像していたらしい。

――この方は本当に、私が泣いたり、嫌がったりする顔がお好きね……。

「いい子」や「淑女」の仮面を被っていないエヴァリーンに特別な感情を覚えるのだろう。

ルドルフの心情を思いつつも、彼の期待に添う気はさらさらなかった。

エヴァリーンはドレスの裾を品よく捌き、すっと背を正した。

「歌劇場で見かけた女性を思い出しました。その方は某公爵の愛人で、官能的なドレスを着ていましたが、堂々とした立ち姿がとても綺麗でした。一緒にいた母は『なんてはしたないドレス』と眉をひそめていましたが――」

　エヴァリーンはいつも母親の趣味で愛らしいドレスを着ていた。だから、その官能的なドレスがほんの少しだけ羨ましく思えたのだった。

「万が一、私がそういうドレスを着ることになったら、堂々と背を伸ばしていようと決めていました」

　ドレスからこぼれそうな胸が恥ずかしいという気持ちはあるものの、エヴァリーンは毅然と顎を引いて立ち通した。

「ふっ、なるほど」

　ルドルフは自嘲するように口角を歪めた。

「あなたの秘めた願望を、私がまんまと叶えてしまったということか」

「そういうことになります」

　淑女にあるまじき強気な切り返しだった。

　他人の前では絶対にしないけれど、ルドルフは自分を陵辱した男だ。これくらい強い気持ちを持っていないと、対抗できない。

　生意気な女だと気分を害し、興味を失ってくれたらいいのに、ルドルフはおもしろそうに片眉を上げている。

「やはり、すっかり元に戻ってしまったな」

「は？」

「私の腕の中で乱れるあなたは、ひどく危うく、頼りない存在だった。しかし、今のあなたは確固たる意思を持った女性の顔をしている。これでは何度抱いても、あなたを私の女にした実感が持てないな」

「私は私です。ルドルフ殿下の持ち物ではありません」

エヴァリーンはきっぱりと言い放ち、頬に触れてくる彼の手を振り払った。

快感に引きずられた身体は、ルドルフの愛撫に溺れて自由にされてしまう。けれども、心はエヴァリーンだけのものだ。

決してルドルフの好きにはさせない。

だが、エヴァリーンが頑なに心を閉ざすのは、ルドルフのせいではないか。

婚約者のいるエヴァリーンを強姦したのだ。深い孤独を抱えているからといって、なにをしてもいいということにはならない。

きちんと手順を踏んでくれたら、違う未来があったかもしれないのに。

——ルドルフ殿下はひどい人だわ……。

流されるのは、寝台の中だけで十分だ。エヴァリーンは強い気持ちを保とうと思い、ルドルフを睨みつけた。

かわいげなどあったものではない。けれども、ルドルフは目元を甘くして、魅惑的な低い声で囁いた。

「言い忘れていた。深紅のドレスがよく似合っている。今夜のあなたはひときわ美しい」

「――っ」

――やっぱりこの人はひどい……。

流されまいと警戒していたのに、エヴァリーンの思考は一瞬にして散ってしまった。

「エヴァリーン嬢。私と踊っていただけますか」

素晴らしく優雅な仕草で白手袋の手が差し伸べられる。

赤くなってしまった頬をどうにかしたくて、エヴァリーンはルドルフの手を取った。


バルコニーは広く、二人で踊るための十分な空間があった。

夜空に大きな月が昇り、氷砂糖のような星々が輝いている。昼間と遜色《そんしょく》がないほどに明るく、彫像めいたルドルフの美貌がはっきりと見える。

楽団はいない。

ルドルフが低い声で歌い出した。それは先ほどまで、ヴァイオリンで弾いていた曲だった。

〝月光のワルツ〟

幼いエヴァリーンはそれを子守歌として認識していたけれど、実は有名な舞踏曲だ。

ルドルフが数小節ほど口ずさむと、エヴァリーンの脳裏に美しい旋律が響き出した。

ルドルフに手を取られ、エヴァリーンはステップを踏み始める。

不思議だった。

とても身体が軽い。

まるで雲の上を歩くように脚が動いた。

ドレスは身体の線にぴったりと沿うデザインだったが、腰の下に深いスリットが入っている。

ルドルフのリードにあわせてターンをすると、ドレスの裾が旗のようにひるがえり、なめらかな白い脚が露わになった。

恥ずかしさは感じなかった。

だって、バルコニーには誰もいない。

はしたない格好だと慌てる母親はいない。おとなしい淑女だと思っていたのに、幻滅したと頭を抱える貴族男性もいない。

目の前にルドルフはいたけれど、彼は自分のもっと恥ずかしいところを知っている。

人目を気にしなくていい。

エヴァリーンは思うままにドレスをひるがえし、軽やかにステップを踏んでいった。踊ることは好きだった。

しかし、舞踏会では目立たないように加減をしていた。男性のリードに任せて、淑やかに踊っていたのだ。

ところが、ルドルフはエヴァリーンの手を強く引き、自由奔放に踊るといいと唆《そそのか》してくる。

「回れ、エヴァリーン」

片手を取られ、駒のようにくるくるっと回された。金色の髪が舞い上がり、頬を打つ感触が新鮮だった。

くすぐったくて微笑むと、ルドルフが眩しそうな目でエヴァリーンを見つめた。そして、ふいにエヴァリーンを抱き上げ、空中でふわっと一回転させる。

――嘘みたい。

私がこんなふうに踊れるなんて……！

曲が盛り上がるところで、大きく背中を仰け反らされた。

不安定な体勢だったけれど、エヴァリーンは怖くなかった。ルドルフがしっかりと腰を支えていたからだ。

夜空が綺麗だった。

蕩けるような光を放つ満月が、今にも空から落ちてきそうだ。

眩いばかりの月明かりで、ルドルフの端整な美貌が輝いている。怜悧なダーク・グリーンの瞳に魅入られてしまいそうだった。

「あ……」

ルドルフを見つめて、彼からも見つめられて、エヴァリーンの心臓がトクンと高鳴る。逃げるように俯くと、ルドルフに顎を取られ、上向かされた。

「エヴァリーン……」

ルドルフの唇が近づいてくる。

——キスをされてしまう。

ルドルフの唇を受け入れてはいけない。愛撫に溺れ、意識を飛ばしている時とは違うのだ。

彼に心を許してはいないのだから、今すぐ顔を背けて、口づけを拒む必要がある。

——キス……ルドルフ殿下のキスを……。

「っ……」

その時、胸に去来したのは、幼いルドルフの幻影だった。

寝台の毛布に潜ったルドルフが、眠らずに母親のキスを待っている。けれども、ルドルフを愛さなくなった母親は、彼に二度とお休みのキスをしなかった。

「あぁ……」

幼いルドルフが抱えていた淋しさを思うと、切なくなる。

ルドルフは孤独で、気の毒な人だ。

それは、エヴァリーンにも責任がある。「いい子」の仮面を被って接することで、ルドルフの孤独感を深めたのだ。

――ルドルフ殿下の唇を受け入れることが、この方の孤独を少しでも癒すことになるのかしら……。

エヴァリーンは唇を震わせ、ゆっくりと目を閉じた。

やわらかな闇が訪れて、やがて、ダン――と大きな音が響いた。

バルコニーの手すりにルドルフの拳が打ちつけられたのだ。

「ルドルフ殿下……？」

目を開けると、ルドルフが覆い被さるようにしてエヴァリーンを覗き込んでいた。

お互いの吐息が触れるほど近くにいたが、唇は重ねられず、ルドルフの目は冷たい怒りに燃えていた。

「正気のあなたが、私の口づけを受け入れるはずがない。――昼間、アランと長く話していたようだが、なにか聞いたのか？」

ルドルフの声音は刃のように鋭い。

エヴァリーンが言い逃れをするのは難しいだろう。

「ルドルフ殿下のご出生について聞きました」

「だから、私に唇を許すと？　あなたは残酷な女性だな。——あなたが周囲の人間に振りまくのと同じように、私に無償の愛をくれてやろうというのか！」

唾棄するように言い放ち、ルドルフはエヴァリーンに背中を向けた。

「ルドルフ殿下……！」

エヴァリーンは反射的に手を伸ばし、去って行こうとするルドルフの腕をつかんだ。

「同情は不要だ」

ルドルフは振り返りもせず、冷たく手を振り払った。

「きゃあっ」

驚いたエヴァリーンはバランスを崩し、バルコニーの手すりに背中をぶつけた。

そんなエヴァリーンをルドルフは見向きもしない。苛立ったような足音を響かせて去って行った。

「……つっ」

バルコニーの手すりをつかんでエヴァリーンは荒い息を吐いた。

「同情……同情って……。私、そんなつもりじゃ……」

いや、きっとルドルフの言うとおりなのだ。

エヴァリーンは誰にでも優しくありたかった。

親切にして、いい顔をして、いつも笑顔で、嫌われないように努めた。

だって、いらない子だと思われたくなかった。

二度と捨てられたくなかった。

いい子でいるから、みんなが望むような淑女でいるから、どうか私を愛してください。

愛して、愛して、私を愛してと渇望しながら、エヴァリーンは人に優しくしていたのだ。

「ルドルフ殿下は……私の本質に気づいていたのね……」

ああ、私は――汚い。

睫毛を伏せると、大粒の涙がこぼれた。

自分に悲しむ資格なんてない。

エヴァリーンの言動がルドルフを深く傷つけたのだ。

こんな汚い自分を誰にも見られたくなかった。

でも、月が見ている。

涙を流すエヴァリーンの横顔を大きな月が照らし続けていた。

第六章　それは血の色と似た

エヴァリーンのスケッチ画や私物を展示した離宮の一室。

ルドルフはある絵の前に佇んでいた。

「愛らしいな……」

四方の壁に膨大な数の額縁が掛けられ、赤ん坊の頃から現在まで、さまざまな年代のエヴァリーンを描いた絵が収められている。

ルドルフが眺めていたのは、比較的最近のもの――数ヶ月前、エヴァリーンが女友達とピクニックに行った時のスケッチだった。

湖畔でサンドイッチを食べながら、エヴァリーンが楽しそうに微笑んでいる。

絵の中には数人の少女が一緒に描かれていた。どの娘もそれなりに美しいようだが、ルドルフにはエヴァリーンしか見えなかった。

導かれるように手を伸ばし、エヴァリーンの赤い唇に触れる。微笑みを形作る唇の線を、指先でゆっくりとなぞり上げた。

しかし、現実にはエヴァリーンが自分に笑みを向けることはない。ルドルフが彼女を陵辱し、辱めた男だからだ。

それなのに、絵の中の微笑みを愛おしいと思ってしまう自分に嫌気が差した。

絵の中のエヴァリーンから目をそらし、ルドルフは振り切るように手を引いたが、その手が隣の小さな額縁に当たってしまった。

ガタンと床に落下して、額縁からこぼれ出たものは、銀のフォークだった。上部にピンク色の真珠がはめ込まれている。幼いエヴァリーンのお気に入りだったものだ。

すぐ額縁へ戻す気にはなれず、幼いエヴァリーンがさんざん触れたであろう真珠を見つめていた時、黒髪の秘書が姿を見せた。

「――エヴァリーンは？」

ルドルフが問うと、黒髪の秘書――アランが一礼をして答えた。

「お帰りになりました」

月光のもとで踊ったワルツを中断した後、エヴァリーンは一人で夕食を取り、眠り、朝を迎えて帰宅したらしい。

離宮に彼女を泊まらせた時は、一晩中抱き続けようと思ったが、昨夜のルドルフはエヴァリーンと顔を合わせる気にならなかった。

同情で自分に身体を許すかもしれないエヴァリーンを見たくなかったのだ。

「今朝のエヴァリーン様はひどく目が赤く、昨夜はお眠りにならなかったのだと思います」

――一晩中、私のことを考えていたのか？　まさか……。

ルドルフはふっと自嘲した。

そんなはずはない。青い宝貝の小瓶を胸に抱き、婚約者を思って泣いていたのだろう。

「そうか、わかった」

――もう用はない、行けと言外に含めたが、アランは退出しようとしなかった。黒髪を揺らして顎を引き、意を決したように口を開いた。

「あなた様は、エヴァリーン様をどうなさるおつもりですか？　エヴァリーン様を生きる希望にしながら陵辱し、結婚する気がないと言いながら、お子ができるような行為を繰り返されている。――あなた様は矛盾の塊です」

アランに言われずとも、わかっていた。エヴァリーンを強姦し、泣かせ、苦しめながらも、彼女の微笑みを欲しいと思う。

しかし、そんな矛盾に満ちた日々も、じきに終わりを迎えるだろう。

「余計なことだ。――行け」

「ルドルフ殿下！」

アランは引かず、背を向けようとするルドルフの肩をつかんだ。――が、その手の甲に銀のフォークが突き立てられる。

「つうっ」

アランの手を突き刺したフォークにぎりっと力を込め、ルドルフは凍るような声で言った。

「やけにエヴァリーンの肩を持つな。私の過去をあの人に話したのもおまえだった。おまえもあの気高い花に魅せられたのか？」

「そうではありません……っ」

アランは額に脂汗を浮かべ、相当な痛みを覚えているようだが、ルドルフの肩から手を引こうとしなかった。

「私は、あなた様の孤独を最も近くで見て参りました。ですから、あなた様に幸せになっていただきたいのです」

「私の幸せ――？」

「今からでも遅くはありません。エヴァリーン様に跪《ひざまず》いて求愛し、人生を共に生きる道をお選びになってください！」

「それが私の幸せだというのか。馬鹿なことを。おまえに私の幸福は測れまい」

不愉快そうに唇を歪めたルドルフは、アランの手から銀のフォークを引き抜いた。

「私の幸福とは、あの人の永遠の愛を得ることだ」

ルドルフはうっとりとした口調で囁き、フォークにはめ込まれたピンク色の真珠を舐め上げた。


月光のもとでワルツを踊った夜から数日後、エヴァリーンは黒髪の秘書――アランと思わぬ場所で再会した。

某貴族邸の舞踏会会場だ。

主催者からルドルフの参加はないと聞いていたので、エヴァリーンは息が止まるほど驚いてしまった。

アランは給仕に身をやつして、エヴァリーンに近づいてきた。

「お飲み物はいかがですか」

「――いただくわ」

レモネードを受け取ると、小さなカードが添えられていた。

密会の日時が記されている。

「明日の正午……」

今夜の舞踏会は、体調を崩した母親の代理で、父親と参加した。だが、エヴァリーンは踊る気になれず、舞踏室の片隅――目立たない場所にある椅子に座っていた。

自分を気に留める人はあまりいないだろう。

ひっそりとアランに問いかける。

「なぜあなたがこのカードを？」

「ジェシカが仲介を断ってきたのです」

ルドルフに泣かされるエヴァリーンを目の当たりにし、ジェシカはひどく憤《いきどお》っていた。もうルドルフには協力しないと叫んでいたが、本当のことだったのだ。

ジェシカの気持ちは嬉しいが、王太子の秘書を伝書鳩のように使うわけにはいかない。

「次回からはまたジェシカに言付けて。私から頼めば、ジェシカもいやとは言わないでしょう」

「お気遣いは無用です。そちらが最後のカードになります」

「――最後？」

エヴァリーンはとても動揺してしまった。

手が震え、持っていたグラスからレモネードの雫がこぼれた。

――最後……？　私は、あの方から解放してもらえるの……？

エヴァリーンはグラスを握りしめる。喉の奥から震えが走ってきたが、なるべく声が揺れないようにして訊ねた。

「あの方と個人的に会うのは、次で最後だと思っていいのかしら?」

「左様でございます」

なぜか苦しげな口調で言いながら、アランが自分の右手をさすった。白い手袋をしていたが、そこに包帯の線が浮き出ている。怪我をしているようだ。

「もしかして……あの方がやったの?」

アランは無言だった。

それが、答えだろう。

「ご自分の秘書に……ひどいわ……」

「私は許可もなく、主の秘密をあなた様に話しました。解雇されて当然のことをしたのです。けれども、あの方は、このわずかな懲罰を加えることだけで、私を許してくださったのだと思います」

「そう、あの方は、アランを必要としているのね……」

ルドルフの過去に触れ、彼を怒らせてしまったのは、エヴァリーンも同じだった。

しかし、ルドルフは今までどおりアランを傍に置き、逆にエヴァリーンを切り捨てることを選んだ。

──私は、あの方に必要とされていない。結局のところ、ルドルフ殿下は私に飽きたのね……。

ルドルフの蹂躙《じゅうりん》から解き放たれ、自由になれる日をずっと待っていた。

あともう一度だけ抱かれたら、暗い海の底に引きずり込まれるような悪夢が終わる。

社交界で離宮の密会が噂になったらどうしようと、怯えなくてもいい。

ヒューゴを裏切ることもない。

両親が望むような純真な娘でいられる。

──よかった。私は元の自分に戻れるのだわ……。

それなのに、ほっと息をついたのは一瞬で、胸にわき上がった喜びの感情がすっと抜けていく。

胸の内側がとても空虚で、冷ややかな風が吹き抜けるようだった。

それは、幼い頃に自分が養女だったと知り、置き時計の中で震えた時の感覚とよく似ていた。

──まさか、私は淋しさを感じているの……？

いいえ、これは嬉しいことなのよ。ルドルフ殿下に解放してもらえる──私はすごく嬉しいの。

エヴァリーンは自分の胸に何度もそう言い聞かせた。

――これが最後の逢瀬になる。

カードに記されていた約束の日、ラマンチカの森の離宮に到着したエヴァリーンは、緊張の面持ちで寝室の扉を開けた。

前回別れた時、ルドルフはひどく怒っていた。まさか殴られるようなことはないと思うが、大人の男性の激しい怒りは、それだけでエヴァリーンを怯えさせていた。

ところが、寝室に足を踏み入れた瞬間、エヴァリーンはルドルフに抱き寄せられた。挨拶をする暇もない。問答無用で小鳥のようなキスが降ってくる。

「ん……」

ちゅっと触れるだけのキスは、すぐに終わったけれど、大きな手が優しく頬を撫で、改めてされた口づけは、彼の体温が染み込んでくるように深いものだった。

「エヴァリーン……」

ルドルフは自分の唇をエヴァリーンの下唇に触れさせ、下から擦り上げるようにして唇のやわらかさを味わうと、口内に濡れた舌を差し入れた。エヴァリーンの小さな舌を吸って、自分の唾液を絡ませる。

「あ、ルドルフ殿下……」

「舌を持ち上げるんだ。あなたのとっておきの場所を舐めてやろう」

「ふ、ぁ……っ」

今日が最後。自分はルドルフから解放されるのだ。彼の気が変わらないように従順でいよう。

ルドルフの言うとおりにすると、舌の裏側を丁寧に舐められた。そこはルドルフが開発した性感帯だ。自分の指で触ってもなんともないのに、ルドルフに舐めてもらうと、そこが甘く痺れ上がり、舌の付け根がひりつくほどに感じた。

「ふ、んぁ……つっ……」

口の端から唾液がこぼれ落ちそうになる。唾液を飲み込もうと舌を引っ込めると、逃さないと言わんばかりに顎を上向かされた。

「んん……っ」

ほぼ真上からルドルフの唇が重ねられた。

長い指が頬を擦ってエヴァリーンを促す。

エヴァリーンは耳を真っ赤に染めて、はしたない唾液を口角からあふれさせた。

「恥じらいがあなたの肌を薔薇色に染めている。かわいいな……」

「や……」

力の入らない手でルドルフの胸を追いやろうとする。

あるかなしかの抵抗は、男の嗜虐心《しぎゃくしん》を煽るようだ。

ふわりとした金髪を鷲づかみ、乱暴にかき乱しながら、ルドルフは激しくエヴァリーンの唇を吸った。小さな舌をちゅうっと吸い上げ、自分の口内で唾液を練り込み、欲情し始めた男の熱を染み込ませる。

「や……んんっ、あ……」

執拗に舌を吸われて、エヴァリーンは息ができなくなった。頭の中がぼうっとして、ふらついたエヴァリーンは窓辺に揺れるカーテンをつかんだ。

「あなたの目の前にいる男は、カーテンよりも頼りにならない存在だと言いたいのか？」

ルドルフが不機嫌そうな目をする。

「そうでは……ないですが……」

咄嗟につかんだのだ。その行為に意味なんてない。

「ならば、私につかまっておけ」

ルドルフの胸元をつかまされる。

エヴァリーンは戸惑ったが、再び激しい口づけが降ってきた。目眩を起こしそうで心許なく、彼の上着の胸元をぎゅっとつかんだ。

「ん……」

するとルドルフのキスが濃厚なものになり、息苦しさが増していった。けれども、男性の上着をつかんでいると、胸があたたかくなるような安心感があった。

――ルドルフ殿下の腕の中で、安心感なんて覚えてはいけないわ……。どんな理由があろうとも、この方は私を陵辱したのよ。そんな男性に、安らぎを覚えていいはずがないのよ……。

自分の中に生まれた感覚を否定したけれど、エヴァリーンの身体は徐々に熱くなっていった。

「あ、あぁ……」

「あなたの目が蕩けてきたな……」

耳に口づけたルドルフが、色っぽい声を吹き込んでくる。

エヴァリーンはぞくっとして目を眇める。

「ン……やあぁ……」

甘い声を出したのが恥ずかしくなって、エヴァリーンは目をつぶった。抵抗になってもいない。

自分でも馬鹿なことをしていると思う。

しかしルドルフは閉じた瞼に啄むようなキスを繰り返し、瞼の裏に隠されたエヴァリーンの瞳を潤ませた。

「あ、あぁ……」

「もしや、こちらも蕩けていないか……？」

華やかなドレスの裾を割り、侵入してきた不埒な指が、レースのドロワーズに触れた。

「ひぁ……」

「少し湿り始めている」

「いやぁ……」

喘ぐような抵抗の声に誘われたらしい。クッと鉤状に折り曲げられた指が、ドロワーズの前を優しく擦った。もどかしいような刺激がエヴァリーンの肌を震わせる。

「ひぁ……あ、やぁ……」

「今日はいつもより感じているな。もう、あなたの蜜があふれてきた」

「それは——」

今日が最後だから。

ルドルフに心を許してはいけないとか、愛撫に気持ちよくなってはいけないとか、関係を終わらせるために、自分の心を強く保とうとか——余計なことを考えずに、感じてもいいという免罪符になっていた。

「あなたをもっと淫らに濡らしてみたい」

ドレスを腰まで引き下ろされ、後ろ結びのコルセットが露わになる。コルセット越しに胸を揉みながら、ルドルフは器用にも片手で背中の紐を解いていった。

「あ、だめ……」

エヴァリーンが恥じらいを見せると、首筋に熱い口づけをして理性を溶かし、コルセットやその下のキャミソールを次々と剝ぎ取った。

「ふ……っ」

こぼれ出た大きな乳房は、まるでマシュマロのような質感を持っている。男ならば、触れずにはいられない魔力があった。

「何度見ても、あなたの胸は愛らしく、いやらしいな……」

「ン……」

後ろからエヴァリーンを抱きしめたルドルフは、恥じらいに染まる耳に舌を這わせ、大きな乳房をわざと重たそうな素振りで掬い上げた。

「ん、あぁ……」

やわらかさを確かめるようにゆっくり揉むと、ルドルフの長い指が乳房の中へ沈み込んでいった。

「や……」

節くれ立った男の指を、自分の胸の中に呑み込む感覚は、エヴァリーンにぞくっとするような疼きをもたらした。

「んぁ……ふ、あぁ……」

身体を震わせた拍子に大きな胸まで揺れて、昂ぶった男の指先が熱くなる。

ふわふわした乳房を熱い指でこね回され、透き通るように白い肌は火傷しそうだった。

「あ……んぁ……っ」

「エヴァリーン、あなたの唇を……」

「ぁ……」

いつものように強引に顎を上向かせないのは、ルドルフが両手を使って乳房を弄んでいるからだ。

エヴァリーンは大きく首を捻り、背後のルドルフと唇を合わせた。それを待ち構えていたように熱い舌が伸ばされ、エヴァリーンの舌を絡め取っては翻弄する。

「ひぁ……あ、あぁあ……」

くちゅくちゅと舌を絡ませながら、ルドルフは薄紅色の乳首を指でくびり出した。いつもならばすぐに乳首を擦り、エヴァリーンを甘く喘がせるのだが、どうしてか乳首を摘んだ状態で動かない。

まるで、誰かに見せつけるように――。

――え……？

なんとなく足もとから視線を感じた。

そこに目を向けたエヴァリーンは、心臓が止まりそうになった。

「きゃあっ！」

先ほど、エヴァリーンが縋りついて、ルドルフに嫌な顔をされたカーテンの陰に、覆面の男性が座っていたのだ。

——アラン？　どうしてこんな近くに……！

覆面の男性が情事に同席するのはいつものことだった。エヴァリーンに羞恥心を与えようとするルドルフの嫌がらせだろう。

しかしいつもなら、覆面のアランは寝台から離れた場所に座っていたり、鏡などの遮蔽《しゃへい》物《ぶつ》の向こう側に立っていたりした。

エヴァリーンの裸体はほとんど見えていなかったと思う。

けれども、今は、エヴァリーンの蜜の匂いを感じ取れそうなほど近くに座っている。すさまじい羞恥を覚えたエヴァリーンは、両手で胸を覆い隠した。

「隠すな。命令だ」

「う……」

覆面の男性は微動《びどう》だにしない。床にあぐらをかき、茶色の目を見開いている。

アランは今までエヴァリーンに同情的だった。

それがルドルフの指示だったのか、自分の意思だったのかは定かではないが、エヴァリーンがルドルフに抱かれている時は、自分の目を閉じていたようだ。

だが、今は、半裸のエヴァリーンをまっすぐに見つめている。

——きっとルドルフ殿下に命じられたんだわ……。

エヴァリーンにルドルフの過去を教えた罰として、アランは手に怪我をさせられていた。しかし、現在はそこに包帯を巻いている様子もなく、傷はよくなったようでほっとする。

——もし私が恥ずかしがって、私に同情したアランが目をつぶったら、また彼が罰を受けるかもしれない……。

自分のせいで、他人が傷つくのは嫌だった。

エヴァリーンは唇を噛みしめながら、ゆるゆると手を宙に浮かせたのだった。

「白百合のように清楚な容貌をしているが、エヴァリーンの胸は淫らに熟れているだろう？」

ルドルフはやわやわと乳房を揉み込み、舐めるような声で覆面の男性に言う。

「いやぁ……」

たっぷりとした大きさを強調するために、押し上げるようにして揉みしだかれる。上を向いた乳首がひくひくと震え、エヴァリーンの鼻から甘い息が抜けていった。

「ふぁ……っ……」

「乳房の大きい女性は感じにくいと言うが、エヴァリーンは違うようだ。軽く触れてやるだけで、ヴァイオリンが啜り鳴くような喘ぎが漏れるのだ」

「あぁあぁ……っ」

めちゃくちゃに乳房を揉み込まれ、硬くなりかけの突起を爪の先で引っかかれる。

ぞくぞくっとした疼きが走ってたまらなかった。エヴァリーンはうっとりと背筋を反らして、ルドルフがもたらす愛撫に浸り始める。

「あぁっ、ひぁあぁ……っ」

エヴァリーンが甘い声を漏らすと、大きな乳房を真ん中に寄せられて、乳首同士をくりくりと擦り合わされた。

それはエヴァリーンが最も敏感になる弄られ方だった。堪えきれず、甲高い喘ぎが漏れてしまった。

「ああぁっ、んっ、あ……あうぅ……ッ」

「ここにあなたの唾液を垂らせ」

──自分の乳首に……唾液を……。

「やぁ……」

覆面の男性の射るような視線を感じる。

人前でそんなはしたないことはしたくない。けれども、エヴァリーンの脳裏は甘ったるく蕩けている。

首筋を甘嚙みしてくるルドルフに促され、エヴァリーンは赤い舌の先から唾液を滴らせた。糸を引いて滴り落ちた雫が、小さな乳首をてらてらと艶めかせる。

「ふぁ……っ、あぁあ……」

「いい子だ」

ルドルフはうなじにちゅっとキスをすると、唾液まみれの乳首をくちゅくちゅと擦り合わせた。

「ひぁあぁ……」

ぬるぬるした感触がたまらなかった。自分の唾液を垂らして気持ちよくなっているという背徳感もあって、ぬめった乳首に炎で炙《あぶ》られたような疼きが走った。

「あぁ……あぁあっ、私、ひぁあ……ルドルフ殿下、そこ……もう……っ」

「——さて、こういう時は、どう言うのだったかな?」

「は、あぁあ……」

王太子より先に達する時は、それを宣言しろと言われていた。

言うことを聞く必要はないと思うが、エヴァリーンは蕩けるような愛撫に溺れていた。早く達してしまいたくて、それを告げなければ達せないような恐怖感もあって、甘やかな快感に艶めく声を吐き出した。

「あぁ、達く……達く……胸で……達くの……っ、あぁぁあぁっ！」

ルドルフの胸板に悩ましく背中を擦りつけ、エヴァリーンはビクビクと身体を痙攣させた。

立ったままで、絶頂に身を任せるのは初めてだった。

でも、ルドルフが後ろからしっかりと抱きしめてくれたので、怖さは感じなかった。

「あぁ……はぁ……」

ルドルフにぐったりと身を預け、絶頂後の心地よい疲労感に浸りたかったが、乳首の痙攣がものすごくて、別の生き物のように震えている。

ルドルフはそれに気づいたようで、達したばかりだったのに、痙攣する乳首を擦り立てるから、すぐに絶頂の第二波がやって来て、エヴァリーンはガクガクと身体を揺らした。

「はぁ……いやぁ、ルドルフ殿下……。もう、胸……やめて……」

痛いくらいに胸の先端がしこっていた。ジンジンと熱くて、もう胸で達するのは無理だ。

「胸はいやか。では、こちらをかわいがってやろう」

ルドルフが触れた下腹部は、恐ろしいくらいに濡れていた。愛蜜をたっぷりと吸ったドロワーズが下ろされる様子に、掠れた悲鳴が漏れる。

「ひあ……っ」

意地悪な指が蜜口をくすぐり、濡れた襞をひくつかせては、いやらしい水音を響かせた。

つうっと垂れ落ちる蜜に内腿が震え上がる。

「まるで洪水のようだな。早く私に犯されたくて、たまらないのだろう……？」

「いやぁ……」

ドレスもすべて脱がされて、生まれたままの姿にされた。

「エヴァリーン、綺麗だ……」

大きな手が身体の線をねっとりと撫で、背中のくぼみに熱っぽい口づけの雨が降る。膝の裏から支えてくれたので、エヴァリーンを抱き上げて、寝台に連れて行くのだと思った。覆面の男性の前で淫らな姿を晒していたくない。だから、大人しくルドルフに身を任せたのだが、彼が抱え上げたのはエヴァリーンの片脚だけだった。

「いやぁあっ」

ぐっしょりと濡れてひくつく秘所を、覆面の男性の前で大きく開かされる。

脚の間に彼の鋭い視線を感じ、宙に浮かされた片脚がビクンと跳ね上がった。

「いやっ、いやです……ルドルフ殿下……！」

必死で訴えたが、ルドルフは聞き入れない。しかも、とんでもないことを命じてきた。

「あなたが脚を持っていろ」

「ひ……」

エヴァリーンは反論する間もなく、自分の片脚を持たされてしまった。

あられもない場所を覆面の男性に晒している。蜜を垂らして充血した花びらを見られている。だが、エヴァリーンは歯を食いしばって堪えるしかない。

――ルドルフ殿下に命じられて、アランは仕方なく私を見ているのだわ。私がいやがったら、アランに気を遣わせてしまう。ああ、でも……。

大きく開かされた秘所がぞくぞくと疼き、透明な糸を引いて蜜が滴り落ちていった。覆面の男性の膝を濡らしてしまうから、胸がひりつくような恥ずかしさを覚える。

――これ以上、私の体液でアランを汚してはいけないわ……。

下腹部をきゅっと締めて、蜜を流すのを我慢しようと思うのだが、ひくつく花びらを分け入って、濡れそぼった割れ目に指が添えられるから、ぞくぞくっと下肢を揺らしてしまった。

「いやっ、あぁ……」

頬を染めて震えるエヴァリーンを後ろから抱きしめ、ルドルフは狭い蜜路にぴったりと収まるように、節くれ立った二本の指を内部に突き立てていった。

「ひぁっ、あ……あぁあ……っ」

内側で折り曲げられた指が深い場所を抉り、甘いシロップみたいな蜜をまとってぐちゅりと引きずり出される。

一回だけではなく、二度三度と繰り返されるので、まるで潮を噴いたような蜜が迸った。端座する男性の覆面にも飛び散っているようで、エヴァリーンは喉を仰け反らせて喘いだ。

「いやぁぁっ」

むせ返るような蜜の香りが鼻をついた。自分のいやらしい匂いに酔いそうになる。

覆面の男性も、この淫らな匂いを嗅がされているのだろう。

そう思うとアランに申し訳なくて、消えてしまいたいような気持ちになった。

「ああ……ひぁ、う、あぁっ」

――アラン……淫らな蜜であなたを汚してしまって……ごめんなさい……。

きちんと謝りたかったけれども、弧を描くように粘膜を擦り立てる指が、エヴァリーンの思考を甘く蕩けさせる。

半開きの唇から漏れるのは、甘ったるい喘ぎ声ばかりだった。

「ふぁあっ、あぁ、あ……っ。いやぁ……」

「かき出しても、かき出しても、あなたの蜜は尽きることがない。あなたの身体はどうなっているのだ?」

「やぁ、もう……私を……あふれさせないで……っ」

しかし、下から突き入れた二本の指で内側を開かれ、蜜口に隙間を作られてしまうと、はしたない蜜が止めどなく滴り落ちてきた。

ルドルフの腕は袖口までべっとりと濡れている。繊細な粘膜を男っぽい指で犯しながら、気まぐれに小さな花粒を擦り、エヴァリーンを啜り泣かせた。

「うぁ……や……ぁあ、んっ……」

「あなたの愛らしい粒が勃ってきた。――さて、どこまで大きくできるか」

ぞくっとするような甘い声で囁いたルドルフは、指の腹で小さな花粒をあやすように撫で回した。

「やぁ……っ。痛い……それ……大きくしないで……」

「案ずるな。痛みが快感に変わるまで擦ってやる」

「ひ……いやぁ……っ」

充血し始めの花粒は擦られると痛がゆい。エヴァリーンは眉根を寄せて嫌がったが、ルドルフが構わずに擦ってくるので、もどかしい痛みはやがて甘美な愉悦に変わる。その奇跡のような瞬間は腰が抜けるほどに悦く、身体をよじってめくるめく快感を味わった。

「ひあっ、あ、あっ、うく……っ」

気持ちが昂ぶると腰が浮いてきて、自分の片脚を持っているのが辛かった。

ルドルフを振り返り、濡れた目でそれを訴えると、乳房を後ろから鷲づかまれた。ルドルフが乳房を愛撫しながら上体を引き上げてくれるので、エヴァリーンの体勢が楽になった気がする。

心配事が一つなくなると、感度がさらに上がるようだった。

「あうっ、あ……ンっ、あぁあっ」

首筋に噛みつくような口づけをされた時、エヴァリーンは背中をしならせて総毛立った。秘部を収縮させて達してしまい、金髪を舞い上がらせて床に崩れ落ちる。

「そろそろ私も楽しませてもらおうか」

力なく腕を投げ出した四つん這いの格好で、エヴァリーンは高く腰を持ち上げられる。

蜜をあふれさせる秘裂に硬いものが触れた刹那、後ろから一気に貫かれた。

「ひあぁっ」

最奥を突き犯された衝撃は強く、豊かな乳房が痛いくらいに跳ね上がった。

「あぁ、つ、う……、あぁぁっ！」

エヴァリーンの悲鳴が漏れたのはわずかな間。

屹り立った大きなもので、達したばかりの襞を擦られると、たちまちに蜜路が熟して疼き上がる。

狂おしい愉悦をもたらす牡を逃すまいと、柔襞がきゅうんと収縮してはルドルフ自身を締め付けるのだ。

奥へ、奥へと、彼のものを誘い込むように動く襞の様子が自分でもわかる。顔から火が出るほど恥ずかしかった。

けれども、そんな恥じらいの感情が快感を加速させ、皮膚の下から燃え上がるように身体が熱くなった。

「あぁ、奥が、あぁ……うくっ、ふぁあっ」

「感じやすいあなたはすぐに達ってしまうが、時には我慢することも覚えて欲しいものだ。同時に達する悦びを味わえないからな」

ルドルフは己を引き抜き、桃のような双丘の狭間に屹立をなすり付けた。先走りの露がぬるぬるして、それなりに気持ちよかったけれど、やはり最奥を思いきり犯して欲しかった。

「あぁ、我慢……私……ちゃんと我慢しますから……」

だから早く私を貫いてくださいと、高く突き上げた腰を震わせてねだる。

ルドルフがふっと優しい笑みをこぼした。

「説得力の欠片もないが、いいだろう。何度でも終わりなくあなたを達かせ、あなたの達する瞬間に私が合わせればいいだけの話だ」

ルドルフは楽しげな口調で言うと、赤く染まった耳を舐めてエヴァリーンを震わせる。

「ンっ」

淡い快感に身をくねらせるエヴァリーンの腰を抱え直し、ルドルフは凶暴に張り出したもので柔襞を突き上げた。

「ふあっ」

結合部から蜜が飛び散り、粘着質な水音を床に響かせる。自分が感じている卑猥な音色を耳にしながら、エヴァリーンは猫のように丸めた手の指で床をひっかいた。

「ああっ、深い……っ。ルドルフ殿下……あぁあぁっ」

猛った切っ先でグリッと子宮口を犯されると、エヴァリーンはひとたまりもなかった。仰け反りながら肩を震わせ、蕩けるような快感に溺れてしまう。

「あぁっ、あぁぁあっ」

腰を激しく痙攣させながら、エヴァリーンは自己嫌悪に陥る。我慢しますと言ったくせに、その舌の根も乾かないうちに達してしまった。

——私はなんて……はしたないのかしら……。

口角に唾液が流れ落ちる感触がする。

悲しい気持ちで口元をぬぐい、顔を上げたエヴァリーンは、その愛らしい顔が強ばるほどの衝撃を受けた。

覆面の男性の股間が張り詰め、大きくなっていたのだ。

トラウザーズ越しではあったが、ビィンとした雄々しい高まりが見て取れた。

「きゃあっ」

「あなたの色っぽい姿を目の当たりにし、この男も収まりがつかないようだ」

そこから目を逸らしたくても、ルドルフが顎を押さえつけて邪魔をする。覆面の男性の

それは、トラウザーズを突き破りそうなくらい膨らみ、ぴくぴくと痙攣して苦しそうだった。

「慰めてやれ、エヴァリーン」

「でも……」

「やれ」

ナイフのような声が鼓膜に突き刺さる。それと同時に、膨れ上がった先端で最奥を突き犯されて、エヴァリーンの思考にぼうっと靄がかかった。

「ひあぁっ、あぁぁぁ……っ」

後ろからがくがくと揺さぶられながら、エヴァリーンは覆面の男性のそこに震える手を伸ばした。

——これは王太子の命令だわ。私がやらないと、アランに迷惑がかかる。私は今日で終わりだけれど、アランはこの先もずっと、ルドルフ殿下に仕えていくのだから。

アランは優しい男性だ。淫らな情事で汚されてしまった宝貝を綺麗に洗浄してくれた。アランと会うのも、今日が最後になるだろう。彼に恩返しをしたいような気持ちがわき上がり、エヴァリーンは彼のトラウザーズに指を触れさせた。

「あの……ごめんなさい……」

ぎこちない手つきでトラウザーズの前をくつろげると、生々しい血管を巻き付けた太いものが勃ち上がった。

「――っ」

当たり前なのかもしれないが、ルドルフのそれとかなり形状が違っていた。全長はルドルフよりずっと短いが、むっちりと太くて存在感がある。

「前に教えたことがあるだろう？　私のものを愛撫するように、扱ってやればいい」

「は、はい……」

以前、ルドルフの欲望を口で奉仕させられたことがある。

男性の屹立を口に含むなんて、信じられないことだった。でも、ルドルフの熱情を唇で受け止めることができれば、妊娠の恐れがなくていいと思い、仕方なく了承したのだった。

しかし、ルドルフは結局、エヴァリーンの口内に放った後も、衰えを知らない牡で最奥を犯し、たっぷりと中に出した。

だから、二度と口で奉仕する気になれず、ルドルフのそれを舐めたのは一度きりだ。

上手にできるか自信がない。

――早く終わらせないと、アランの屈辱を長引かせてしまうわ。確か、最初は……。

懸命に手順を思い出しながら、張り出した先端のくぼみにちゅっとキスをする。

びくんと跳ねたそれを両手で捕まえて、むっちりとした輪郭を優しく撫で、先端をちろりと舐めて口に含んだ。

「んっ、んっ」

太くて全部は口に入りそうもなかった。張り出した部分を口に入れて舐め回し、ずんぐりした太い竿は指で扱き上げた。

「ふぅ、んん……」

舌を思いきり出し入れしながら、くびれた部分をぐるりと舐め回す。以前、ルドルフにも褒められていたが、その行為は男の快感を高めるらしい。びくびくっと痙攣した屹立がエヴァリーンの頬を打った。

「つ……ふ……っ」

屹立を斜めに倒し、裏側の筋を大きな動きで舐め上げる。

懸命に舌を使っていたら、再び獣のような体位で挿入された。

「ひぁあっ」

やわらかい双丘にルドルフの指がめり込み、前後に激しく腰を揺さぶられた。灼けるような灼熱が襞の連なりを擦り立て、下肢が跳ね踊るほどに感じてしまう。

「あぁっ、あぁあ！」

ひどく性急で、荒々しい抽送だった。

ルドルフがやれと命じてきたくせに、エヴァリーンが他の男のそれを咥えている光景に苛立っているように思える。

しかし、怒りを孕んで脈動する熱塊はいつにも増して悦く、ズン、ズン……と、最奥を突き犯されるたびに、目の奥で甘美な火花が散った。

「あぁ、ルドルフ殿下……あぁあっ」

感じすぎて自制がきかず、手にした屹立を落としてしまいそうになる。

「止めるな」

「はい……んっ、つっ」

先走りの露がひどく多い。

必死で舐め、扱いていてもすべってしまい、このやり方で大丈夫なのかしらと心配になった。エヴァリーンは屹立を咥えたまま目線を上げる。

「――っ」

覆面の男性が燃えるような目でエヴァリーンを見ている。

かっと目を見開き、眼球を血走らせて――興奮、嫌悪、困惑？　なんだろう？

どれも違う気がする。

「ふ……んんんっ」

覆面の男性の目を見ながら、ひたすら舐め続けていると、屹立に巻き付く血管がひくつき始めた。

「それを離せ、エヴァリーン」

「え？」

エヴァリーンがルドルフを振り返った瞬間、手の中の猛ったものが脈打った。びしゃりと白濁が迸り、エヴァリーンの頬に小量が跳ねる。

「あっ」

ルドルフはエヴァリーンの頬に触れ、まるで汚いもののようにそれを拭い去った。

手の中の太い屹立は、まだビクビクと跳ねて、断続的に精を放っていた。しかし、ルドルフに肩をつかまれ、無理やり上体を起こされたので、エヴァリーンは屹立を放り出してしまった。

「ルドルフ殿下……っ」

「もうその男に用はない。私の愛撫に集中しろ」

「ああっ」

後ろから乳房を揉みしだき、背中に甘く歯を立てたルドルフが、熱く猛ったものでエヴァリーンを貫いた。

「ふあぁっ」

破裂せんばかりに膨らんだ先端が、蜜路を削るような勢いで行き来する。乙女の柔襞を苛烈に擦り上げるから、悦くて、悦くて、たまらなくて、四肢を震わせてのたうってしまう。

「あ、んんっ……はぁっ……あぁあ」

甘ったるい痺れが全身を駆け抜けて、ルドルフの牡に屈服させられそうな自分を予感する。

「ルドルフ殿下、あぁあっ、ひぁ……あっ、やぁあっ」

「はぁ、エヴァリーン……く……っ」

濡れた襞の奥深いところに、ルドルフの熱情がドクンと放出される。

お互いの名を熱っぽく呼び合う二人の体液が交わった時――。

硬度を失った牡を股間にぶら下げた男が、燃えるような目でエヴァリーンを見つめていた。


気がつくと、エヴァリーンは長椅子に寝かされていた。

ルドルフと交わった後に、眠り込んでしまったようだ。

ルドルフはすぐ近くの肘掛け椅子に座り、美しい所作でワイングラスを傾けている。

「あ……」

肌にふんわりとあたたかい感触がする。エヴァリーンはルドルフのガウンを羽織らされていた。全裸だったので、毛布の代わりにかけてくれたらしい。

ガウンを胸元に引き寄せて、長椅子に身を起こした時、エヴァリーンは不思議な情景に気づいた。

覆面の男性が窓辺にまだ端座している。

ひらひらと揺れるカーテンに顔面をなぶられながら、彼は置物のように微動もしない。ルドルフとエヴァリーンの情交を見つめていた時のままの姿勢だ。

おかしい。

二人の情事が終わったら、アランはいつも一礼をして部屋を出て行くのだ。なぜ、まだここにいるのだろうか。

よく見ると、彼の覆面の裾から赤いものが流れている。

——まさか、血……？

先日、アランはルドルフに罰を受け、手に傷を負っていた。またルドルフに危害を加えられたのかもしれない。

「ルドルフ殿下、彼になにを……？」

アランが怪我をしているなら、一刻も早く手当てをする必要がある。ルドルフの返答を待っていられなかった。エヴァリーンは窓辺に駆け寄り、端座する男の覆面を剝ぎ取った。

「ひっ」

その顔を目の当たりにしたエヴァリーンは、引きつった悲鳴を上げて飛び退いた。その拍子に肩からガウンがすべり落ち、ガタガタ震える足もとにまとわりついた。

「あ……いや……」

覆面の裾から流れていたのは、アランの血ではなかったのだ。

赤い、赤い、血のように赤い、婚約者の髪だった。

「ヒュー……ゴ……」

ヒューゴは猿ぐつわを嚙まされ、身体の自由を奪う薬を飲まされているようだ。

端座したまま、ぴくりとも動かない。

ただし、視線だけは思いどおりになるようで、エヴァリーンをじっと凝視していた。

見開かれたヒューゴの目は血走り、冷たい炎のような光を放っている。

エヴァリーンは彼の瞳の意味を知っている。

体感している。

エヴァリーンの瞳もまた、ヒューゴと同じ色をしているだろう。

絶望という名の色彩だ。

その時、エヴァリーンは肩に重さを感じた。

床に落ちたガウンをルドルフが拾い、エヴァリーンを包み込むようにしてそれを被せたのだった。

背の高いルドルフのガウンだ。エヴァリーンがそれを羽織ると、爪先まで裾が届いてしまう。エヴァリーンの全身をたやすく覆い尽くす。鉄の鎖で身体中を雁字《がんじ》搦《がら》めにされたようだ。

「かわいそうなエヴァリーン。とうとうあなたの婚約者に知られてしまったな」

ルドルフは歌うような口調で囁き、エヴァリーンを背中からきつく抱きしめた。

「これであなたは一生、私のものだ」

「いやあああああああっ！」

解毒剤を飲んだヒューゴは、やがて身体の自由を取り戻した。

寝台にヒューゴを横たえ、解毒剤の世話をしたのは秘書のアランだ。ルドルフはもうなんの興味もないとばかりに姿を消していた。

「エヴァリーン！」

ヒューゴは寝台から飛び起き、エヴァリーンの肩につかみかかった。

「俺の屋敷に投げ文があった。――貴殿の婚約者には二心がある。ラマンチカの森の離宮で別の男に抱かれているのだ……と」

まさかと思ってラマンチカの森に様子を見に行ったヒューゴは、待ち構えていた森番に紅茶を勧められたという。

それを飲んだ直後に手足が動かなくなり、エヴァリーンとルドルフの情事を見学する羽目になったのだ。

「君はルドルフ殿下と恋仲だったのか？」

「つうっ……」

肩にヒューゴの指がめり込んで痛い。

骨まで砕かれそうで、エヴァリーンは呻き声を発することしかできない。

優しいヒューゴは手を引こうとしたが、エヴァリーンはルドルフのガウンを着ていたし、白い首筋には口づけの痕が散っている。激しい嫉妬を覚えるようで、激情を抑えられずにヒューゴは叫んだ。

「いいや、君に二心などあるものか！　君は俺を想いながら、ルドルフ殿下に無理やり身体を奪われたんだ！　そうなんだろう、エヴァリーン！」

それはエヴァリーンの貞節を信じたというよりも、「そうであってくれ」という血を吐くような願いに思えた。

「ヒューゴ、私……」

確かにエヴァリーンは、ルドルフに陵辱された。

けれども、すべての行為が本当に無理やりだったのだろうか。

もう、やめてくださいと泣きながら、でも最後はいつもルドルフにしがみつき、狂うほど気持ちよくなっていた。

そんな浅ましい自分を誰にも知られたくなかった。だから、ルドルフの言うことをきいて、秘密の関係を続けてきたのだ。

だが、至近距離からヒューゴに見られてしまった。快感に溺れ、とめどない蜜を垂らす秘所の隅々までを――。

――ヒューゴ、あなたはわかってしまったのでしょう？　私は淫らで、いやらしい女だわ。あなたの婚約者として、そして、ローリア男爵家の娘として、相応しくない人間なのよ……。

胸がつぶれそうだった。

涙があふれ、エヴァリーンの肩をつかむヒューゴの腕に水滴が落ちた。

「お父様やお母様には言わないで……」

「わかった。誰にも言わない。だから、本当のことを教えてくれ。君がルドルフ殿下に陵辱されていたのなら、俺があの男を殺してやる」

「あなたが……ルドルフ殿下を……？」

ヒューゴがあの人を殺す。

悪夢のような日々に終止符を打ってくれる。

――本当に……？

涙に濡れた目で見上げると、ヒューゴは力強く頷いてみせた。

「ああ。君のために、必ずあの男を殺す」

「ヒューゴ……」

しかし、一瞬エヴァリーンに差した光明は、すぐにその輝きを失ってしまった。

ヒューゴがルドルフを殺し、エヴァリーンが自由になって……そして、どうなるだろうか？

これはおとぎ話ではない。

ヒロインをいじめる悪魔をやっつけて、めでたしめでたしでは終われないのだ。

きっとヒューゴは「悪辣な暗殺者」という汚名を着せられる。

なぜなら、ヒューゴはエヴァリーンの情事を口外しないと約束してくれた。その場限りの嘘を言う人ではないから、王太子を殺した理由を決して語らないだろう。

情状酌量の余地はなく、ヒューゴの未来が泥にまみれる。

エヴァリーンのせいで、将来を嘱望されている若き将校の人生がめちゃくちゃになってしまうのだ。

「本当のことを言うわ、ヒューゴ」

エヴァリーンの唇が細かく震え出す。

頑張れと、励ますようにエヴァリーンの髪を撫でるヒューゴの優しさが悲しかった。

「私はルドルフ殿下を愛しているわ。私は下級貴族の娘で、王太子とつり合うような身分ではないから、仕方なくあなたと婚約したのよ」

髪を撫でていたヒューゴの手が止まる。身を切られるような沈黙が続いたが、やがてヒューゴが大きく息を吐いて静寂を破った。

「……とても信じられない。君は俺の立場を心配して、嘘を言っているんじゃないか」

そう言えば、どこかで聞いたことがある。嘘に真実味を持たせるには、ほんの少しだけ本当のことを混ぜればいいのだ——と。

髪に触れるヒューゴの手を押しのけ、エヴァリーンは続き部屋の扉を開け放った。

さまざまな年齢のエヴァリーンを描いた絵や、思い出の品が山のように展示されている。

「つっ……」

蒐集《しゅうしゅう》部屋の全容を見渡したヒューゴは、愕然とした様子で立ち尽くした。

「これであなたもよくわかったでしょう？　私は幼い頃からずっと、ルドルフ殿下の愛人だったの」

——震えるな。私の嘘がばれてしまう。

エヴァリーンは震えを隠すために自分を抱きしめ、凛とした強い目でヒューゴを見据えた。

「――私が嘘をついている？　思い上がりも甚《はなは》だしいわ。一度や二度、私に口づけしたからって、私の気持ちをわかったつもりにならないで！」


どれだけの時間が経ったのだろう。

風に揺れるカーテンを見つめ、エヴァリーンは呆然と座りこんでいた。背後で靴音がしたが、振り返る気にもならない。

どうせこの靴音はルドルフだ。アランの報告を受けて、エヴァリーンの様子を見に来たのだろう。

「――エヴァリーン」

やはりルドルフだった。

流れるような優雅さで腰を下ろし、赤く腫れたエヴァリーンの頬に触れた。

「女性に手を上げるなど、武人の風上にも置けない。――痛むか？」

「いいえ。私の頬より、ヒューゴの心の方がずっと痛かったはずです」

「そうだろう。彼は心からあなたを愛していた。他の男を愛していると告白されて、平常心を保てるはずがない。——気の毒に」

ヒューゴに同情するようなことを言いながら、ルドルフの口元には人の悪い笑みが浮かんでいる。

「すべてあなたのせいじゃないですか！」

渦巻く炎のような怒りに襲われたエヴァリーンは、ルドルフを激しい目で睨み付けた。

怒気が炎の矢になって、相手の心臓を貫ければいい。けれども、そんな威力は微塵もなくて、逆にルドルフを喜ばせる結果になってしまう。

「怒りにとらわれたあなたの目は、凍てつく星々が煌めくように綺麗だ。あなたはいつも私に新しい表情を見せてくれる」

「——っ」

それは、ルドルフと関係したことで、エヴァリーンの中に新しい感情が生まれてきたからだ。

あなたが怖い。

あなたが嫌い。

あなたが憎い。

誰にでも優しい感情を抱くことのできる、聖女のような女性でいたかったのに——。

こんな醜い感情なんて知りたくもなかった。

「私にこんな表情をさせる、あなたのことが憎いです」

「それならば、ヒューゴにすべてを打ち明けて、私を殺してもらえばよかったのだ」

「私のせいでヒューゴが手を汚すくらいならば、私が……あなたを殺します……！」

それは売り言葉に買い言葉のようなものだった。本気ではなかったが、ルドルフの目は爛々と輝きを増した。

「あなたが……私を殺すのか……？　ふ……はは……っ」

ルドルフのかすれた笑い声が響いた。

最初は「女の細腕でなにができる？」と、馬鹿にされたのだと思ったが、どうも様子が違うようだ。

「そうか、エヴァリーン……ようやく……あなたが……」

恍惚の表情を浮かべたルドルフは、「あなたを殺す」と告げたエヴァリーンの唇を、親指の腹で愛おしそうに擦り始めた。

「私を殺してくれると言うのか……！　はぁ……はぁっ……エヴァリーン……！」

「いや……」

エヴァリーンの唇を指で愛撫しながら、次第に息を乱していくルドルフが怖くなる。

エヴァリーンは逃げようと立ち上がるが、床に押し倒されて、ガウンを剝ぎ取られてしまった。

「きゃあっ」

重なってくるルドルフの身体が熱い。

トラウザーズ越しでもわかるほどに、そこが雄々しく勃ち上がっていた。たいした兆しもなく欲情した彼に戦慄を覚える。

「い、いやです。ルドルフ殿下っ。——ひっ」

トラウザーズの前をくつろげ、秘裂に添えられた熱い切っ先が、ズプリと中に押し込まれた。

「や……っ」

愛撫らしい愛撫はなかった。

性急なルドルフに驚く間もなく、エヴァリーンに重なる彼の肩がビクンと震えた。

「くっ、エヴァリーン……ッ」

「え……嘘……いやぁあっ」

狭い蜜路を押し広げるように太いものが脈打ち、どろりとした飛沫を迸らせた。挿入された瞬間に放たれてしまったのだ。

熱い白濁が柔襞に広がる感触が信じられない。

それは最奥で幾度も跳ね上がり、ドクドクと精を放出していた。

「ル、ルドルフ殿下……？」

ルドルフがゆっくりと腰を使い始める。

彼のそれは大量の白濁を放っても萎えず、鉄のような硬度を保っていた。

エヴァリーンの片脚を抱え上げ、己の放ったものでぬかるんだ内部を、ぬちゃぬちゃと突き上げていった。

「あぁっ、や……あぁあっ」

最初は戸惑ったが、乙女の粘膜と白濁をぬるぬると擦り合わされる感覚は心地よく、エヴァリーンはぞくっとして目を眇め、ルドルフがもたらす粘ついた抽送に浸った。

「言え、エヴァリーン」

「なに……を」

「私をどうしたい……？」

ルドルフは熱っぽい声で問いながら、熱い楔で膣襞をズクリと擦り上げた。

身震いするような快感が突き上げ、エヴァリーンは腰を揺らめかせて喘ぐ。

「ひぁあぁ、あぁあっ！」

「――言え。私を殺したいと」

ふいに腰の動きを止めたルドルフは、屹立の先端を浅く花びらに呑み込ませ、エヴァリーンを焦らした。

「ひぁ……」

もっと奥を突いてと蜜口がじんじん疼いて辛かった。

エヴァリーンは卑猥な言葉を強要させられたような気持ちで口を開いた。

「殺……すわ……ルドルフ……殿下……っ。いつか……私が……あなたを……あぁあぁ……っ、殺す……の……っ。殺……っ、あぁっ、ひぁあぁ……っ!」

「ふっ。はぁ……あぁ、エヴァリーン……っ」

〝殺す〟という言葉を告げるたびに、中の牡が膨れ上がって硬くなる。

ルドルフの抽送がいっそう激しくなって、エヴァリーンを見つめる視線も熱くなり、ルドルフの情熱に溶かされるように、甘ったるく脳裏が蕩けていった。

エヴァリーンはなにも考えられず、何度もその背徳的な言葉を放った。

「私が……殺すわ……っ、あぁ、あなたを……殺、す……っ! ひあぁっ、ンっ、あぁ……っ!」

暗い海のような快感に溺れていく。

アーチ型の窓に揺れるカーテンの下、エヴァリーンははらはらと涙を流し続けた。

第七章　永遠の愛を請う男

その後、エヴァリーンの母アンジェラは、心労で寝込んでしまった。

愛娘と王太子の不道徳な情事が発覚したからではない。

息子同然にかわいがっていた甥のヒューゴが、死に場所を求めるようにして、ある激戦地に向かったからだ。


アギレイス大陸のセルバラン王国とロルダ公国は、フラウ海を挟み、ロブスターの鋏《はさみ》のような形で向き合っていた。

両国はフラウ海の制海権を巡り、数百年に渡って二十をこえる海戦を繰り広げた。そのたびに制海権が入れ替わり、フラウ海の海戦は、どちらかの君主が変わるごとに勃発する恒例行事と化していた。

しかし、今回、勝敗の落としどころが見つからずに長期化し、両軍の死者は合わせて三千人をこえてしまった。

セルバラン王国は膠着《こうちゃく》化した海戦に終止符を打つべく、親交のあった大国・メリクシアに援軍の派遣を求めた。

メリクシア国王の名の下に、海軍を統率するルドルフは、三百人の海軍兵士と軍船の派遣を決めた。——他国の不毛な小競り合いに大軍は差し出せない。いかにも義理を果たすためという最低限の数字だった。

フラウ海では泥沼の激戦が展開されていた。戦地から生還できる可能性は低く、多額の報酬と特進を条件に志願者が募られた。

結果、金目当ての荒くれ者ばかりが集まった。将校クラスの応募は皆無と思われたが、ヒューゴ・ギルベール中尉が自ら志願し、援軍の指揮官として戦地に向かった。

エヴァリーンの両親は半狂乱になった。

——実の息子のように思っていた甥が死んでしまう。自国を守るためならともかく、他国のくだらない小競り合いで——。

特にエヴァリーンの母親の焦燥は激しく、床についたまま起き上がれなくなった。

ヒューゴは誰にも相談せずにフラウ海戦への参加を決めたという。ヒューゴになにがあったのだと、彼の親族や友人に問い詰められたが、エヴァリーンはなにも答えられなかった。

エヴァリーンとルドルフの情事に衝撃を受け、ヒューゴが暴走したのは明らかだった。だから、誰かに事情を語る勇気を持てなくても、ヒューゴの命を救う道だけは見つけ出さなければいけない。

——私のせいでヒューゴを死なせては駄目……。ルドルフ殿下にもう一度お会いしよう……。

ジェシカはルドルフとの関係を絶っていた。エヴァリーンの側からアランに連絡する術もない。エヴァリーンは王宮の官吏を通じてルドルフに面会を求めた。

秘密裏に事を運ぶことはできなかった。エヴァリーンの謁見願いは、王宮中の噂となって駆け巡った。

王宮の女官に先導され、エヴァリーンが王太子の執務室へ向かう途中、宮廷貴族たちのヒソヒソ声がそこいら中から聞こえてきた。

——あの方は、私の頼み事を聞いてくれるかしら……？

エヴァリーンがどんなに泣いて嫌がり、抵抗しても、ルドルフは自分を蹂躙することをやめなかった。

二人きりで会ったら、また、あの銀髪の悪魔に犯されるかもしれない。

足が竦むような恐怖を覚えたが、エヴァリーンはドレスの胸元を握りしめて、強い気持ちを奮い立たせた。

そこにお守りを入れていたのだ。

——むやみに怯えてはいけないわ。私にはこのお守りがある。必ずルドルフ殿下を説得しよう。

やがて目的地にたどり着き、先導する女官が執務室の扉をノックした。

「失礼します、王太子殿下。ローリア男爵令嬢がお見えです」

「ああ」

ルドルフは重厚な執務机につき、分厚い書類の束にペンを走らせていた。

来客用の椅子を勧められたが、エヴァリーンは退出する女官に会釈をして、ルドルフの執務机の前に立った。

「このような場所で悪いが、早急に処理せねばならない書類がある」

「いいえ。お忙しいところお時間をいただき、ありがとうございました」

「アラン。工兵総監のマクレーンに渡せ」

「はっ」

ルドルフが黒髪の秘書に書類を手渡した。重要な書類の対処が終わったようで、ペンを置き、エヴァリーンに視線を向けた。

「ルドルフ殿下、本日、私がこちらに伺ったのは――」

張り詰めた声で切り出したエヴァリーンを、ルドルフは軽く手を上げて遮った。

「言わなくてもわかる。宮廷貴族らが噂をしていた。ローリア男爵令嬢は献身的な貴婦人の鑑だ。普段はおとなしく、淑やかな女性であるが、愛しい婚約者の命を救うために、単身で王宮に乗り込んできた、と。――違うか？」

皮肉げな物言いにエヴァリーンの心が冷える。

自分はもう、周囲の人間が期待しているような淑女ではないのだ。

ヒューゴを傷つけ、死地のような戦場へ赴かせてしまった。だが、それを悲しいと嘆くのは後だ。

エヴァリーンは目に強い光を宿してルドルフを見つめた。

「そのとおりです。フラウ海に追加の援軍を送ってください。お願いします、ルドルフ殿下」

エヴァリーンは深々と頭を下げた。

ルドルフの感情が動いた様子はない。執務机の上で軽く指を組み、淡々とした口調で言った。

「軍議で決まったことだ。女性の嘆願ひとつで、覆せるものではない」

確かにそうだろう。

ルドルフは別に意地悪をしているわけではない。

ヒューゴだって、強制されたのではなく、自ら希望して激戦地へ向かったのだ。死の危険に見舞われたとしても、自己責任だといえる。

だけど——。

「セルバラン王国は、ルドルフ殿下が生まれた国です。故郷を守るために、無理を通してはいただけませんか？」

「ほう」

ルドルフの感情が動いたようだ。

執務机に身を乗り出し、エヴァリーンに鋭い視線を向ける。

「あなたは私に、私的な郷愁でメリクシアの海軍を動かす阿呆な元帥役を演じろというのか？」

しかも、ルドルフは故郷のセルバラン王国を愛していない。母親も、養父も、セルバランの臣民も、ルドルフを蔑ろにしたのだから。

それでもエヴァリーンは、願わずにいられなかった。

「お願いします。フラウ海に追加の援軍を派遣してください」

「あなたの男を助けるために、我が軍を損なわせる義理はない。あなたも承知だろう。

「本当は私に抱かれに来たのではないか？」

ルドルフが椅子から立ち上がり、エヴァリーンに近づいてくる。

誰もが魅了されずにはいられない、怜悧なダーク・グリーンの双眸は、エヴァリーンだけを映していた。

「あなたは私に抱かれていればいい。ささいな憂慮など、消えてしまうだろう」

そう、ルドルフはいつも身をもってそれをエヴァリーンに教えた。

ルドルフに抱かれると、エヴァリーンは自分が溶けてなくなってしまう。

危険な戦地に赴いたヒューゴのことも、心労で寝込んでしまった母親のことも、なにもかも考えられなくなるだろう。

甘やかな忘我をもたらす彼の指先が、エヴァリーンの頬に触れようとする。

「私に触れないで」

エヴァリーンは鋭い声で告げ、胸元からお守りを——小さなナイフを取り出した。

両手でナイフの柄を握り込み、ルドルフの胸に向ける仕草をする。

二度とルドルフに抱かれてはいけない。

蕩けるような快感に溺れ、自分を見失ってはいけない。

我を通すのだ。

必ずヒューゴを助けると心に誓った。

だから、ルドルフが自分を抱こうとしたら、抵抗の手段になればいいと思い、小さなナイフを隠し持ってきた。

もちろん脅しに過ぎなかった。

本当にルドルフを刺そうだなんて、砂粒ほども思っていなかったのだ。

それなのに――。

「あぁ、エヴァリーン……！　ようやく私を殺してくれるのか……！」

歓喜に満ちあふれた声が執務室に反響し、エヴァリーンの肌を舐め回すように包み込む。

総身がざあっと粟立ち、エヴァリーンは身じろぎもできない。感極まったように目を眇める王太子を言葉もなく見つめた。

「ここだ、エヴァリーン……！」

上着の胸元をバッとはだけ、ルドルフは精悍な顎を反らした。頸動脈《けいどうみゃく》の在処《ありか》を軽やかな指先で示しながら、エヴァリーンに言った。

「ここにナイフを突き立てるんだ。女性の細腕であっても、一振りで仕留められるだろう」

「違……私……そんなつもりじゃ……」

自分が誰かを殺すなんて、考えるだけでも恐ろしかった。

壊れたように手足が震え始め、エヴァリーンはナイフを落としてしまった。

視界から刃物が消えて少しだけほっとできたのに、カランと床に転がったそれをルドルフが拾い上げる。陶然とした表情で白光りする刀身を撫で、エヴァリーンの手にナイフの柄を握り込ませた。

「人の血を吸わせるまで、決してナイフを落としてはならない」

ルドルフは幼子に言い含めるような口調で告げ、ナイフを持ったエヴァリーンの指に呪縛のキスを贈った。

ルドルフが今までしてきたキスの中で、最も優しいぬくもりがした。指が固まり、エヴァリーンはさらに強くナイフの柄を握り込んでしまう。

「あぁ……いや……。どうして、そんなことを……」

「あなたが私を殺せば、あなたの魂に私が刻み込まれる。私は永遠の愛を得ることができるのだ」

「え……？」

よく意味がわからない。

エヴァリーンは震えながらルドルフを見上げた。

ルドルフは美しい曲を指揮するかのように両手を掲げ、自身が望む愛の世界を朗々《ろうろう》と謳い上げる。

「あなたが将来、他の男と結ばれ、子を儲け、幸せになったとしても、ふとした拍子に私を殺した時の激情がよみがえるだろう。――それは恋よりも激しい感情だ」

恋という言葉を紡いではいるけれど、ルドルフの声音には死の香りがつきまとう。エヴァリーンの胸に不安が降り積もるばかりだった。

なぜそんな残酷なことを、嬉しそうな顔で語るのだろう。

「ルドルフ殿下……」

「あなたが私を殺しさえすれば、私という存在が、永遠にあなたを支配する。誰にでも優しく、無償の愛を与えているあなたが、私だけを永久に憎み続けるのだ。それは、私だけが得ることのできる究極の愛の形――。なんて素晴らしいことだろうか……!」

ルドルフの頬は熱っぽく上気している。まるで未来の夢を語る少年のようだ。

その夢が叶えられたら、ルドルフは死んでしまうというのに……。

「いや……あなたを殺すなんて、私には無理です……」

「私を殺せるのは――エヴァリーン、あなたしかいない。ずっとあなたの成長を見守り、いつかあなたに殺されることを夢見て生きてきた。私は幸せな男だ……」

――私に殺される。

そんなことが、ルドルフ殿下の幸せなの?

エヴァリーンには理解できなかった。

愛し、愛されることが、人の喜びだと思っていた。

大切な人と笑い、お喋りをして、楽しい時間を過ごす。そういったことに、エヴァリーンは喩《たと》えようのない幸せを感じている。

――でも、ルドルフ殿下は違うのだわ……。

ルドルフは両親に愛されなかった。

ルドルフの母親は、面と向かって彼を罵倒したり、暴力を振るったりする女性ではなかったが、ルドルフの存在を完全に無視した。彼をいない者として扱ったのだ。

ルドルフの実の父親も同じようなものだ。人前ではいい顔をして、裏ではルドルフの存在を嫌悪していた。

ルドルフは両親に愛されたかったのだろう。勉学に励み、身体を鍛え、愛されるための努力をした。

でも、報われることはなかった。まるで空気のように扱われた。

だから、たとえ憎しみでもいいから、両親からの強い感情をぶつけられたいと思ったのかもしれない。

愛されたい、憎まれたいという歪んだ思いが、「エヴァリーンに殺されたい」という願望を生んだのだ。

ルドルフは愛を信じない。

幼少の頃に愛された記憶がないので、自分は誰からも愛されることはないと思い込んでいるのだろう。

激しく憎まれ、殺される——それがルドルフにとって永遠の愛を得る手段になったようだ。

「私が憎いのだろう、エヴァリーン」

「——憎いです」

そう言うと、ルドルフはとても幸せそうに笑った。

彼は愛よりも、恋よりも、エヴァリーンの憎しみを求めている。

——ルドルフ殿下のことが憎らしいわ……。

ヒューゴと婚約して、幸せに酔いしれていた時に陵辱された。

メリクシア国一の淑女だと賞賛を受けていたが、愉悦を教え込まれて、淫らな女にされてしまった。

誰に対しても親切で、優しい自分でいたかったのに、火のような憎しみを引きずり出された。

——あなたなんて嫌い。

大嫌い。

ルドルフ殿下のことが憎いわ。

憎い、憎い、憎い……。

「――エヴァリーン。私を殺した後のことは心配無用だ。アランにすべて処理を託している。私の死体は城下を流れるシア河に浮かび、自殺と処理されるだろう。すでに用意した遺書には、私が不眠で悩んでいたという嘘と、例の海戦に五千の援軍を派遣せよという遺《ゆい》言《ごん》を記してある」

「遺言……」

「そう、王太子の遺言だ。必ず果たされる。大国メリクシアの軍旗が棚引く数百の軍船がフラウ海を征《ゆ》けば、敵国であるロルダは忽ちに戦意を喪失し、一瞬にして勝敗を決するはずだ。ヒューゴはきっと助かるだろう」

――私がルドルフ殿下を殺せば、ヒューゴが生きて戻ってこられる。あの優しい人を、私のせいで死なせずに済むのだわ。

ヒューゴを実の息子のように思っている両親だって喜んでくれる……。

「あ、あぁ……私……」

自分の中に生まれた殺意の萌芽《ほうが》に、エヴァリーンは目が眩みそうになる。そんな感情を宿した自分自身が恐ろしく、全身から冷たい汗が噴き出していった。

「愛しいエヴァリーン」

蠱惑的な甘い声で愛を囁き、ルドルフは美術品のように綺麗な姿勢で跪いた。

白手袋の手のひらをすっと差し伸べ、幸せな絶望へとエヴァリーンを誘う。

「――さぁ、私を殺してくれ」

ダーク・グリーンの瞳は死の期待に満ちあふれ、どんな宝石よりもきらきらと美しく輝いていた。

「ルドルフ殿下……」

身体中に震えが走り、膝の感覚が淡くなった。思わずよろけたエヴァリーンは、執務机に肘をぶつけてしまった。

その衝撃でルドルフの文箱が引き倒される。

「あ……」

螺鈿《らでん》細工の豪奢な文箱から、手のひらに載るくらいの小さな絵がこぼれ出た。

おそらくルドルフの故国・セルバラン王室の家族絵だ。

威厳のある顎髭をたくわえた王、女の赤ちゃんを抱いた王妃、ルドルフらしき銀髪の少年、そして、三、四歳の双子の男の子が描かれていた。

その絵を見ているうちに、エヴァリーンの瞳から大粒の涙があふれ出した。

「う……っ」

ルドルフらしき少年の顔だけが、黒いインクで塗りつぶされていたのだ。自分はこの家族絵に存在すべき人間ではないとして、銀髪の少年の顔を黒く塗りつぶしたのは、ルドルフ自身だろう。

少年時代のルドルフの孤独が、冬の嵐のようにエヴァリーンの胸を突き上げる。

涙が止まらなくなった。

握りしめたナイフにいくつもの涙が落ちた。

煌めく涙の雫の中に、エヴァリーンが幼い頃の情景が映る。両親に抱きしめられた自分が嬉しそうに笑っていた。

エヴァリーンは幼い頃に自分が養女だと知った。

自分はどこの馬の骨とも知れない捨て子だったから、いつか両親に見捨てられるのかもしれないと不安だった。

両親に愛されたくて、両親が自慢に思う娘になりたくて、「いい子」になろうと努めた。

両親はそんなエヴァリーンを心から愛してくれた。

幸せだった。

しかし、誰からも愛されずに、一人ぼっちで膝を抱えていた少年もいたのだ。

――ルドルフ殿下は私だ。

両親に愛されなかったもう一人の私だ。

もし、自分が誰からも愛されずに育ったとしたら、ルドルフと同じ道を歩んだかもしれない。

愛を信じられず、特別な人の手にかかって死ぬことで、永遠の愛を得ようとしたのかもしれないのだ。

「つっ……ルドルフ殿下……っ」

あなたは私。

私はあなただ。

あなたを殺せない。

殺したくない。

このナイフに血を吸わせることで、永遠の愛を得たいと言うのならば、血を流すのは私でもいいはずだわ……。

「さようなら、ルドルフ殿下」

エヴァリーンは儚く笑い、ナイフの柄を強く握り直した。

「ありがとう、エヴァリーン」

ルドルフは目を細め、歓喜の雫がとろりと滴るような表情をする。

エヴァリーンの足もとに跪き、頸動脈に狙いを定めやすいように顎を反らした。

胸の前で指を組み、神に祈るような仕草をする。

しかし、彼にとっての神は、エヴァリーンだろう。ルドルフの孤独を永遠に救ってくれる女神ような存在なのだ。

ルドルフはエヴァリーンに祈る。

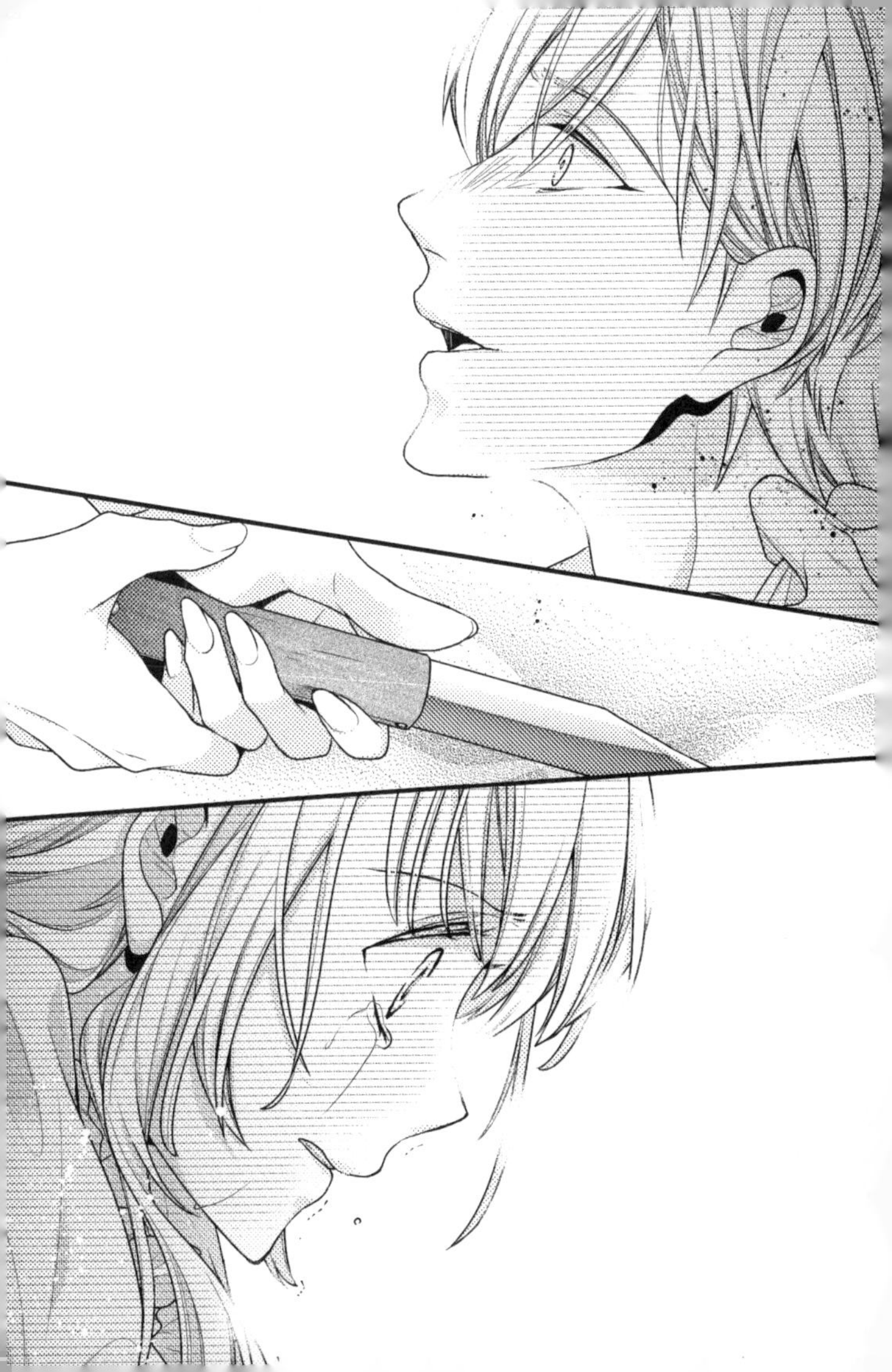

どうか自分を殺してくれ、と。

端整な唇に浮かんだのは、とても幸福そうな笑みだった。

——が、やがて胸の前で組んだ指にふわりとした感触がもたらされた。

思わず目を開けると、ルドルフの視界に金糸のような雨が降っていた。

ルドルフはふと視線を落とし、自分の指からすべり落ちる金色の糸が、女性の長い髪であると気づいた。

「エヴァリーン!」

王太子の執務室に悲痛な叫び声が反響した。

第八章　憎しみの中の灯火

自分の願いは、いつかエヴァリーンに殺されることだった——。


不義の子として生を受けたルドルフは、産みの母に疎まれ、実の父に嫌悪されていた。

幼少の頃は周りの者たちから空気のように扱われ、使用人ですらルドルフを無視した。

あまりにも自分という存在を感じられず、ナイフで腕を切りつけて血を流し、自分が生きている証を確かめていた時期もある。

自分は生きる価値がないと思っていた。

なんのために生まれてきたのか。

なんのために生きているのか。

生きることはむなしく、自分が生きているのか、死んでいるのか、それすらも曖昧になったいた頃、雪の中で赤ん坊のエヴァリーンを見つけた。

赤ん坊は氷のよう冷え切っていたが、頬を摩擦してやるうちに、小さなくしゃみをした。

——生きている。

心に火が灯るようだった。

自分がこの赤ん坊を生かしたのだ。

生まれ故郷で空気のような扱いを受けていた自分が——。

その時、ルドルフは自分が生を受けた意味を確信した。エヴァリーンを雪の中から抱き上げ、命を救うために自分は生まれてきたのだ、と。

大国メリクシアの王室に養子入りした後、ルドルフは聡明で勇猛果敢な王太子して信望を集めるようになった。

実父であるメリクシア王との関係は冷え切っていたが、信仰心を拗らせた王は近年、ルドルフや廷臣に国政を丸投げし、礼拝室に閉じこもる日々を送っている。ルドルフと顔を合わせることはない。

王侯貴族も、臣民も、使用人も、ルドルフを心から崇拝し、彼を空気扱いする者は誰もいなくなった。

けれども、故国で受けた屈辱は常にルドルフの心を蝕んでいた。大国の王太子、そして元帥として羨望の眼差しを受ける身となっても、ふとした拍子に屈辱的な過去がよみがえり、胃の腑が煮えくりかえるのだ。

王太子妃の座を狙う女性の誘惑を受けることも多くなった。しかし、ルドルフの立場が変われば、平気で自分を空気扱いするのだろうと思うと、どんな女性にも心が動かなかった。

ルドルフにとっての女性は、雪の中で見つけたエヴァリーンだけだった。

エヴァリーンの存在がすべてだった。

エヴァリーンしか見えなかった。

エヴァリーンしかほしくなかった。

彼女を娘として迎え入れたローリア男爵邸に通い、エヴァリーンと交流を深めた。ローリア男爵夫妻は、ルドルフが故郷で暮らす弟妹の代わりにエヴァリーンをかわいがっているのだと、微笑ましく思っていたようだ。幼いエヴァリーンは無邪気で愛らしく、ルドルフによく懐いてくれた。

両親に愛されなかった自分でも、エヴァリーンの愛を得られるかもしれない。

エヴァリーンを愛し、愛され、生涯を共にしようと考えていた。

ところがある時、事態が一変する。

四歳の誕生日を迎えたエヴァリーンが、他人行儀な態度を取るようになった。

「いい子」の仮面を被ってルドルフと接するようになったのだ。子どもらしい朗らかな笑い顔は影を潜め、他の大人たちに見せるのと同じ、淑やかな微笑みをルドルフに向けた。

——やはり、自分は誰からも愛されない。

ルドルフは絶望を覚えた。

再び生きる意味を失いかけたが、エヴァリーンの魂に自分という存在を刻み込む方法を思いついた。

——そうだ、エヴァリーンに殺されたらいいのだ。

新たな生きがいを得たルドルフは、エヴァリーンから憎まれるように仕向けた。

幸せの絶頂にあったエヴァリーンを陵辱し、その後、幾度も辱めた。

エヴァリーンはルドルフを恐れ、憎むようになった。

メリクシア国一の淑女だと評判だった彼女が、憎しみに燃える目でルドルフを見据え、自己を保つために強い言葉を吐く。

それが自分だけに向けられる感情や言動だと思うと、胸がぞくぞくした。

エヴァリーンは儚く見えるが、芯が強い。どれだけの絶望を与えようと、両親や周囲の人々の悲しみを思い、自ら命を絶つことはないと思っていた。ジェシカに様子を見張らせていたが、エヴァリーンは常に凛として咲く花のように美しかった。

そして、彼女の憎しみを増幅させるように誘導し、エヴァリーンがこちらにナイフを向けてきた時は、ようやく自分の夢が叶うのだと確信した。ルドルフは震え上がるような喜悦を覚えた。

しかし、どうだ。

ルドルフは胸に抱いたエヴァリーンを見つめる。

エヴァリーンは自ら喉を突き、おびただしい鮮血を流してしまった。

すぐに止血をしたが、意識は戻らず、顔は蝋《ろう》のように青白い。

自らの絶望に押しつぶされて命を絶つことはなくても、エヴァリーンは他人のために命を投げ出せる女性だった。ルドルフを殺すことができず、自分自身にナイフを向けたのだ。

死んでしまう。

エヴァリーンを永遠に失ってしまう。

ルドルフは発狂しそうな恐怖に襲われた。

――これが永遠の愛か!?

私はどこで間違えてしまったのだ……！

「エヴァリーン、目を開けてくれ、エヴァリーン！」

十六年前のあの日、雪の中で赤ん坊のエヴァリーンを見つけた時のように、ルドルフは青白い頬を懸命に撫でた。けれども、彼女が流した血のシミが頬に広がるばかりだ。

「く……っ、あ、あああ――ッ」

ルドルフは喉が張り裂けんばかりに咆哮し、生気のないエヴァリーンの身体を抱きしめた。


窓を開けると、瑞々しい緑の香りが吹き込んでくる。

雪が溶け、庭園の木々に若葉が茂り、エヴァリーンの頬を撫でる風が爽やかだ。

いつの間にか春が訪れていた。

一月ほど寝たきりだったので、季節が鮮やかに変わっていたことに驚いた。

王太子の執務室で喉を突いた後、エヴァリーンは大量の血を流して意識を失った。

一週間ほど死線をさまよったが、なんとか一命を取り留めた。

長い髪がナイフの威力をやわらげ、致命傷にならなかったようだと医者が言っていた。

女友達から届いた見舞いの手紙によると、エヴァリーンがルドルフの前で喉を突いたのは、愛しい婚約者を救うためだったという噂が流れているらしい。

エヴァリーンが血を流した直後、ルドルフは大規模な援軍をフラウ海に派遣した。

海戦は即座に親交国のセルバランが勝利し、ヒューゴは無事に帰国の途についたという。

自国メリクシアにあっても、親交国セルバランであっても、エヴァリーンは婚約者の命を救い、戦争を終結させた女神だと賞賛されているようだ。

――私はそんな女ではないわ。両親には、本当のことを言わなければ……。

喉を傷つけたせいで、しばらく声を出せなかった。最近になってようやく言葉を紡げるようになったので、寝台に上半身を起こしたエヴァリーンは、愛娘の様子を見に来た両親に告白をした。

「勇気がなくて、すべての事情は言えないけれど、私はヒューゴのためではなく、ルドルフ殿下のために喉を突いたの……」

――私はあの時、ヒューゴのことなど少しも考えていなかった。

自分を陵辱した男のことで頭がいっぱいだったのだ。

「ごめんなさい、お父様、お母様……」

戦勝の女神じゃなくてごめんなさい。

いい子じゃなくてごめんなさい。

両親が自慢に思うような淑女じゃなくてごめんなさい。

目の奥が熱くなって涙があふれ、エヴァリーンのなめらかな頬を伝っていった。母のアンジェラは無言で話を聞いていたが、涙を流すエヴァリーンを見て口を開いた。

「エヴァリーンが謝ることなんて、なにひとつないわ。あなたが生きていることが、私のすべててよ」

アンジェラはエヴァリーンの涙をぬぐい、幼子を宥めるように頭を撫でた。

「私が幸せに暮らせるのは、エヴァリーンのおかげなのよ。とても辛いことがあった時、あなたが私を救ってくれたの。あなたの成長が、私を幸せにしてくれたのだわ」

「お母様……」

「そうよ。あなたが私を母親にしてくれたの」

優しく微笑んだアンジェラがエヴァリーンを抱きしめる。

母親のぬくもりにさらに涙があふれ、エヴァリーンはアンジェラの胸をしっとりと濡らした。

「エヴァリーン。あなたが生きていてくれて、本当によかった……」

アンジェラがエヴァリーンの髪を愛おしげに撫でる。

仲睦まじい母子の様子を、父が穏やかな眼差しで見守っている。

――私はなんて愚かな娘だったんだろう……。

いい子にしていないと捨てられてしまう。

自慢の娘でなくなったら、両親に幻滅されてしまう。

そんなことをずっと恐れていた。

本当は、恐れることなどなにもなかった。

母のぬくもりを、父の穏やかな眼差しを、ただ信じていればよかったのだ。

両親の愛は海よりも深い。

臆病なエヴァリーンを優しく包み込んだ。

エヴァリーンの両親は愛娘の体調を慮り、誰からの見舞いも断固として拒否していたのだが、エヴァリーンは起き上がれるほど快方に向かっていた。

両親が面会謝絶を解くと、ヒューゴが見舞いに訪れた。

「俺が悪かった。エヴァリーン……」

ルドルフと関係を持ったのは、エヴァリーンの意思ではなかった。ルドルフが薬を盛って強姦したのだと、ルドルフから事情を聞かされたという。

寝台に上半身を起こすエヴァリーンの頬に触れ、ヒューゴは苦しげに唇を噛みしめる。激情に任せて、エヴァリーンを引っぱたいてしまったことを悔いているのだろう。

「フラウ海戦に志願したのは、君に対する当てつけだった。ほかの男に抱かれたことを、君が死ぬまで後悔すればいいと——。馬鹿なことをしたと思っている。死んで詫びても足りないくらいだ」

「いいえ。あなたが無事でよかったわ」

ヒューゴが真っ青な顔をしていたので、少しでも彼の気持ちを楽にしたかった。エヴァリーンはふわっと微笑んでみせる。

するとヒューゴの腕が伸びてきて、壊れ物を扱うように優しく抱きしめられた。

「もう一度、俺とやり直さないか」

エヴァリーンはヒューゴの胸に手をやり、ゆっくりと押し退けた。彼の目をまっすぐに見つめて、首を横に振る。

「あなたには、私よりずっとふさわしい女性が現れるわ」

「――っ」

ヒューゴは言葉を詰まらせ、やがて手のひらで顔を覆うと天井を仰いだ。

ふーっとついた長いため息は、胸に溜まった重苦しい感情を吐き出すようだった。

「俺は最低だな。君に振られて、ほっとしている」

そう、恋はとうに終わっていたのだ。

ロマンチストなヒューゴは、エヴァリーンに夢を見ていた。淑やかで、純真で、愛らしいだけの少女だと思っていたのだろう。

ルドルフがエヴァリーンを変えた。快感を教え、劣情を引き出し、生身の女にしてしまった。

ヒューゴが愛した無垢な聖女は、もうどこにも存在していないのだ。

「時期をみて婚約は解消しよう。どちらのせいでもない。お互いの気持ちが離れた結果だと説明すればいい」

「ごめんなさい、ヒューゴ」

「その代わり、君に命がけで愛された男だという称号は、ルドルフ殿下ではなく、俺がもらっておくことにするよ。だから、エヴァリーン」

肩を引き寄せられ、ヒューゴの熱い唇が耳に触れた。

それは最後のキスと、愛した女性への願いだった。

——どうか幸せになってくれ。


侍女のジェシカが青白い顔をして現れたのは、ヒューゴに別れを告げた数時間後のことだった。

「お嬢様、ルドルフ殿下がお越しです」

「——そう」

「どうしますか」

「お通しして」

ルドルフは寝台に寄りかかるエヴァリーンを目にとめると、びくっと肩を震わせて言葉をなくした。

——ああ、これかしら？

エヴァリーンは自分の髪を指に絡ませた。

ナイフで喉を突いた時、髪の一部がざっくり切れてしまった。

そこだけ短いとおかしいので、肩の辺りで切りそろえたのだった。

髪は女の命と信じて疑わない母親は嘆いたが、エヴァリーンは鏡に映る今の自分を悪くないと思った。

軽やかで、自由な感じがする。

「自分ではこの髪型を気に入っています。おかしいですか？」

「いや。たとえ髪がなくても、あなたは美しいと思う」

冗談を言う人ではないから、ルドルフは本気でそう思っているのだろう。

けれども、さすがに髪が一本もなくなってしまうのは困る。エヴァリーンは苦笑いを浮かべ、ルドルフに椅子を勧めた。

「ヒューゴが来たのか」

椅子に座ったルドルフが、窓辺を見つめながら言った。そこに黄色いチューリップの花瓶が飾ってあった。

見舞いの花はほかにも届いていたが、明るい色のチューリップがヒューゴを思わせたのだろう。勘のいい人だ。

「ええ。彼にやり直したいと言われました」

一瞬、目を見開いたルドルフは、自分を納得させるように目を伏せた。

「そうか――よかった」

淋しげな表情に見えるのは、エヴァリーンの勘違いではないだろう。

「お断りしました」

エヴァリーンが言うと、ルドルフは意外そうに眉を上げた。

そして、改めて姿勢を正し、頭を下げたのだった。

「私のせいだな。すまなかった、エヴァリーン」

エヴァリーンは呆れてしまう。

エヴァリーンを強姦したこと、秘所に宝貝を挿入したこと、二人の情事をヒューゴに見せたこと――謝って欲しいことは、ほかにもいっぱいあった。

それなのにどうしてこの人は、見当違いの謝罪をしてくるのだろう。

「私がヒューゴとやり直す道を選ばなかったのは、ルドルフ殿下のせいではありません。

――私がヒューゴを愛していなかったからです」

今になって思えば、両親が喜ぶからヒューゴと婚約したのだ。

ヒューゴは優しく、尊敬できる人だ。――彼を愛している。愛することができると思い込もうとしたが、結局、無理だった。

ヒューゴよりもずっと強く、エヴァリーンの心を揺さぶる人物がいた。

エヴァリーンはいつの間にか、ルドルフのことばかり考えていたのだ。

「失礼いたします」

ジェシカが紅茶を運んできた。

大切なお嬢様の心身を蝕んだ鬼畜男を無言で睨みつけたが、ルドルフの傍らに立ち、一度だけ深々とお辞儀をして退出した。

「ジェシカのお母様の支援を続けてくださっているそうですね。ジェシカに代わってお礼を言います。ありがとうございました」

「あなたが礼を言う必要はない！」

一瞬だけ声を荒げたルドルフは、力なく肩を落して頭を抱えた。

「すまない。私が怒るのは筋違いだ。すまない、すまない、エヴァリーン」

エヴァリーンが喉を突いてから、この人は謝ってばかりいる。

でも、どこかずれている。

たかが声を荒げたくらいで、そんなに謝らなくてもいいのに。

「そういえば……私が喉を突いた直後も、ものすごく謝っていましたね」

あの時のルドルフは、喉から血を流すエヴァリーンを抱き締め、「すまない、すまない、死なないでくれ」と、狂おしい謝罪を何度も繰り返していた。

――意識を失う前に、ルドルフ殿下の目に涙が光ったのを見た気がする。

まさか。この人が泣くわけがないわ。

あり得ない幻を見た自分がおかしかった。エヴァリーンはクスッと笑いながら、現実のルドルフを見つめた。

「あ……」

ルドルフの精悍な頬に一筋の涙が伝っていた。顎の先からぽとりと雫が落ちると、堰《せき》を切ったように新しい涙があふれ出した。

止まらない。

滝のような涙が頬を流れている。

大人の男性がこんなふうに泣くところを初めて見た。

息を呑むエヴァリーンにしがみつき、ルドルフは声を上げて泣き始めた。

「あなたが死んでしまうかもしれないと思い、恐ろしかった……」

自分自身の死には恍惚の表情をしたのに、エヴァリーンが死にそうになったら、泣くほどの恐怖を感じたという。

――ああ、そうか。

この人は私を愛しているのか……。

それにしても、泣くのが下手な人だ。

しゃくり上げ、上手に息が吸えず、幾度も咳き込んでいる。

物心つく頃から泣いたことがなかったのだろう。

ルドルフはきっと二十数年分の涙を流している。

かわいそうな人。

エヴァリーンの胸に切なさが込みあげる。泣いている彼に腕を回し、震える背中を抱き締めた。

「ルドルフ殿下……」

エヴァリーンは幼い頃からルドルフのことが恐ろしかった。

でも、決して彼が嫌いではなかった。

断崖絶壁の海を覗き込みたくなるように。

官能的なドレスを着てみたくなるように。

心のどこかで、危険なルドルフに惹かれていたのだ。

「すまなかった、エヴァリーン……。あなたに償いがしたい。私はなにをしたらいい？」

実の両親の非道な態度が、ルドルフに〝自分は誰にも愛されない〟という呪いをかけた。

——それならば、私がこの人に新たな呪いをかけよう。

「一つだけ、お願いがあります」

「なんでも言ってくれ。なんでもあなたの言うことをきく」

ルドルフが涙に濡れた顔を上げた。

涙の跡が痛々しい。

胸がぎゅっと締め付けられる。エヴァリーンはルドルフの手を取り、涙の雫が光る目を見つめながら言った。

「あなたの一生をかけて、私を愛してください」

「エヴァリーン……」

ルドルフが驚いたように瞬きをすると、涙の粒がぽろっとこぼれ落ちた。

エヴァリーンは彼の頬を手のひらで包み、目元に落ちた涙をちゅっと吸い取った。

「私も一生をかけて、ルドルフ殿下を愛していきます」

私はこの人を愛することができるだろうか。

永遠の愛を求めるこの人を、救うことができるだろうか。

確証はない。

私は彼を愛せないかもしれない。

その時、私たちの恋は絶望に染まるかもしれない。

二人の関係が砂のように崩れて、その時こそ、どちらかの死を迎えるかもしれない。

でも、憎しみの中に恋と似た感情がある。

いつかそれを見つけ出せるだろうかと視線を上げれば、ルドルフが熱っぽい目で自分を見つめていた。

「エヴァリーン、あなたは私の人生の光だ。あなたがいなければ、私の世界は闇に包まれるだろう。あなたを陵辱し、深く傷つけた私は、あなたの優しさに触れる資格のない男だ。――だが、あなたに生涯の愛を捧げることを許してほしい……」

切なげな愛の告白を嬉しいと感じる。

小さな幸福をつなぎ合わせて、二人の絆を強めていけたらいい。

そして、私の一生をかけて、ルドルフ殿下を愛していこう。

エヴァリーンは心に誓いながら、ルドルフの口づけを受け入れた。

あとがき

はじめまして。または、こんにちは。奥山鏡《おくやまきょう》です。

このたびは『王太子の情火』をお手にとっていただき、ありがとうございました。

今回のお話は、銀髪美形の王太子・ルドルフが、永遠の愛を得るために、十六年間ヒロインの成長を見守りながら頑張ってきたというラブストーリーです。

都合の悪い情報をそぎ落とすと、純愛っぽく見えていいですね！

執筆中、私は彼をゲスルフ様と呼んでいました。ヒロインにゲスなことばっかりするので。しかもめちゃくちゃ楽しそうに。実際、楽しかったんでしょうね。それがルドルフにとって、特別な愛を得る唯一の手段だったので……。

ところで、ラストシーンはものすごく悩みました。たいして長くもない物書き人生ですが、今までで一番悩んだと思います。

ラブラブハッピーエンドにするか、否か——。

どうしたらいいかわからなくなって、担当様に泣きついたこともあります。

結果どうなったのかは、本文を読んで確認していただけたら嬉しいです。

——といいますか、二人が別れてしまう未来を考える方が怖いです。

エヴァリーンはそれなりに幸せになれると思います。他国の第三王太子妃に望まれるなど、ちょっとした玉の輿に乗るのではないでしょうか。エヴァリーンにとっては愛のない結婚でも、折り合いを付けながら穏やかに暮らしていく様子が目に浮かびます。

ただし、ルドルフ、君は駄目ですわー！

エヴァリーンと別れたら、一生一人でしょうね。

過去にエヴァリーンを傷つけた負い目があるから、相手の男をぶっ殺すこともできず、エヴァリーンの嫁ぎ先の国を滅ぼすんですよ。なにかもっともらしい理由を付けて。

エヴァリーン夫婦が隣国に亡命なんてしたら、そっちの国も確実に滅ぼしますね！

やっぱりもっともらしい理由を付けて！

いい迷惑ですね！

——というわけで、世界の平和を保つためにも、ぜひ二人には末永く幸せでいて欲しいものです。

二人の結婚はたぶん一～二年後だと思います。

元婚約者が奥方をもらった数ヶ月後、ようやくエヴァリーンがルドルフの求婚に了承して、その日のうちに結婚式を強要されそうです。ルドルフはいつだって準備万全ですからね！　初夜は凄まじいことになるでしょう！

可憐なエヴァリーンと麗しいルドルフをありがとうございました！

不敵な笑みを浮かべるヒーローの表情が本当に素晴らしかったです。イラストを拝見するたびに「ルドルフ様ー！」と黄色い悲鳴を上げましたよ！　赤い花をぐっしゃー！　と握りつぶす表紙には、まさしく心臓を鷲づかみにされました。

緒花《おはな》先生。

担当様。

グズでクズな私がご迷惑をおかけいたしました。

キャラの心情やラブシーンの表現など、きめ細かいご指導をいただき感謝いたします。ヒロインのアレをコレクションに加えるシーンは、修正が入るかなとビクビクしていたのですが、力強くゴーサインを出してくださって嬉しかったです。

それでは最後に、ここまで読んでくださった読者様。

改めてありがとうございました。少しでも楽しんでいただけたら幸いです。

いつかまた、お目にかかれることを願いしまして——。

奥山鏡

Sonya
ソーニャ文庫

この本を読んでのご意見・ご感想をお待ちしております。

◆ あて先 ◆

〒101-0051
東京都千代田区神田神保町2-4-7 久月神田ビル7階
㈱イースト・プレス　ソーニャ文庫編集部
奥山鏡先生／緒花先生

王太子《おうたいし》の情火《じょうか》

2016年2月12日　第1刷発行

著　　者　奥山鏡《おくやまきょう》
イラスト　緒花《おはな》
装　　丁　imagejack.inc
D　T　P　松井和彌
編集・発行人　安本千恵子
発　行　所　株式会社イースト・プレス
〒101-0051
東京都千代田区神田神保町2-4-7 久月神田ビル8階
TEL 03-5213-4700　　FAX 03-5213-4701
印　刷　所　中央精版印刷株式会社

ISBN 978-4-7816-9570-9
定価はカバーに表示してあります。

Sonya ソーニャ文庫の本

『**鬼の戀《こい》**』 丸木文華

イラスト Ciel

Sonya ソーニャ文庫の本

『監禁』 仁賀奈

イラスト 天野ちぎり